庐剧音乐概论

Luju Yinyue Gailun

沈义龙◎著

时代出版
时代出版传媒股份有限公司
安徽文艺出版社

图书在版编目（CIP）数据

庐剧音乐概论 / 沈义龙著. -- 合肥 : 安徽文艺出版社, 2024.12
ISBN 978-7-5396-6565-8

Ⅰ. ①庐… Ⅱ. ①沈… Ⅲ. ①庐剧－戏曲音乐－研究 Ⅳ. ①J617.554.2

中国国家版本馆CIP数据核字(2024)第094451号

出 版 人：姚 巍
责任编辑：刘军玲　　装帧设计：徐 睿

出版发行：安徽文艺出版社　www.awpub.com
地　　址：合肥市翡翠路1118号　邮政编码：230071
营 销 部：(0551)63533889
印　　制：安徽联众印刷有限公司　(0551)65661327

开本：710×1010　1/16　印张：11　字数：200千字
版次：2024年12月第1版
印次：2024年12月第1次印刷
定价：68.00元

卷首语

中华优秀传统文化是祖国各地本土优秀传统文化的江河湖泊汇集而成的浩瀚大海。

坚持守土有责，始终不渝地热爱和弘扬家乡本土优秀传统文化，是每个中国人的责任和义务，是对中华民族血脉和人们精神家园的守卫，是文化爱国主义。

出版说明
——为庐剧音乐提供理论支撑

我从20世纪60年代起，历时10余年写成《庐剧音乐初析》。1981年，被收入《戏曲音乐论文选》，后被中国音乐学院院刊《中国音乐》收入“音乐学术参考资料之十五”名录。在此文基础上，又历时3年，终于在1984年5月写成《庐剧音乐概论》。

60年对文艺情有独钟引发的思考和积淀，使我认识到，一种文化形态和艺术形式的生存、传播、发展离不开理论支撑。作为国家非物质文化遗产的庐剧，与其他地方戏曲一样，其最主要的特色表现在具有浓郁地方音乐特点，因此必须给予理论支撑。

在国家高度重视“非遗”的今天，我把28年前写成的这本小册子付梓，是为了通过对庐剧音乐的历史渊源、旋法特点、调式、体制、曲式、分类、男女同腔等方面进行深入的分析研究，努力寻找它与其他地方戏曲音乐的不同之处，摸索它的内在联系和发展规律，从而使我们的认识逐渐从必然王国走向自然王国，使其既能“万变不离其宗”、保持特色，又能随着时代前进的步伐不断发展，进一步扩大受众面、提高认同度，推动对庐剧音乐理论更深入地研究和探讨，为传承保护和生产性发展庐剧音乐尽绵薄之力。

沈义龙写于2012年11月

作者小传

沈义龙，男，1944年1月9日出生，上海市人。1955年考入中国福利会少年宫小伙伴艺术团民乐队。1958年支援安徽建设，1959年毕业于寿县师范，分配到皖西文工团（后并入庐剧团）任演奏员。1964年起从事配器工作，1966年起任指挥，后从事作曲。迄今为止，作品有30多部（首）大戏、小戏、组歌、歌舞、儿歌等，多次在省电台、电视台播出，并获省文化厅奖。

1980年起，先后在六安行署文化局社会文化科、新闻出版管理科、文化市场管理办公室工作，任科长、主任。1981年发表的《庐剧音乐初析》被中国音乐学院院刊《中国音乐》收录。迄今已在省以上报刊发表音乐论文等20余万字。1988年，获文化部等四部委联合颁发的“音乐集成编纂工作先进工作者”称号和地委行署晋级奖励。1991年，主编的50万字《中国民族民间器乐曲集成·六安地区分卷》《中国曲艺音乐集成·六安地区分卷》出版，其中个人采录、记谱和撰写的释文被中国国家出版的安徽卷收录15余万字。2000年，担任六安市第一届政协委员，后被聘为市政风行评议小组组长。2003年，应省文管局之邀，从事协助修订《安徽省文化市场管理条例》和制定网吧规划及调研、暗访等工作。2004年，获国家艺术规划领导小组颁发的个人科研成果三等奖。2006年3月，被中央音乐学院聘为校外音乐考级考官。2007年，27万字的个人文选《追求跨越》出版。2004年至2009年，创作了民族管弦乐套曲《中国节气》，被省有关部门列为文化强省项目之一。2012年指挥皖西民族乐团演奏《中国节气》第一乐章《立春》，在中国上海国际艺术节民乐比赛中获金奖。

音乐是与人最相似、最相通的艺术
——代前言

音乐是什么？有人说是听觉艺术，也有人说是流动的建筑。这些说法自然没错，但很难解释以下的几个为什么。

为什么音乐能催人入眠，能使紧张或激动的情绪平静下来？

为什么果戈理说“音乐引起灵魂的激情和骚动”，能使颓废或低落的情绪激动起来？

为什么音乐没国界，一曲《十面埋伏》使西方人称琵琶就是一个交响乐团，小提琴协奏曲《梁祝》能引发他们强烈共鸣？

为什么两千多年前四面楚歌能涣散楚军斗志，最终导致霸王自刎于乌江？

为什么音乐可以用于胎教，能使尚不会说话的胎儿手舞足蹈？

为什么现代医学中有音乐疗法？早在秦汉前的《礼记》中就指出：“乐者，乐也（意思是说，音乐就是快乐）。”稽康《琴赋》说琴声“可以导养神气，宣和情志，处穷独而不闷者，莫近乎音声也”。

为什么司机行车时不宜听迪斯科？

为什么商场为留住顾客，不播放快节奏的音乐？

我以为答案只有一个：音乐是与人最相似、最相通的艺术。

首先，音乐的要素与人最相似。

音乐内容（指所描写的情境、表达的情感等）如人之脑，按照一定的指向，调动着音乐各要素的分或合；节奏如人之骨骼，支撑着音乐整体不致散架；旋律如人之肉体，紧贴在骨架上，使之丰满；音色如人之五官，打扮出各色人样；音强如人之四肢，显露力的强或弱；和声与织体如人之各种器官的配合协调；调式调性如人之性格，阳刚或阴柔。

其次，音乐表现的情感是与人相通的。

屠格涅夫在《春潮》中对"音乐是什么"作了很经典的诠释："难以用言语表达的感情，只有用音乐才可以把这些感觉表达出来。"可见，音乐最擅长表现的是人的感情，它是一门表达感情的艺术。音乐诸要素整合在一起，演绎的是永远处在"动态"中的人的情绪和感受。人与动物最本质的区别，不仅是人能够靠劳动创造世界，而且重要的是人都有着动物没有的极为丰富的复杂的情感。关于音乐与人在情感上的融通，两千多年前，西汉史学家司马迁就在《史记》中指出："音乐者，所以动荡血脉，通流精神而和正心也。"按现代理解，音乐发出的声响通过振动耳膜，刺激着人的大脑皮层，引发了生理、心理、情感的反应，促进了左右脑均衡发展，产生了无际的想象力，激发了无限的创造力，勾起了对故乡、故人的思念，这种共鸣和联想往往能使人的情绪趋于宁静或激动，合（重）唱（奏）等表演形式则促使人与人之间和而合。

音乐与人的相似性和情感的融通性，解释了前面所述的几个为什么。

音乐对人如此重要，我们必须善待它，不要让与音乐不搭界的舞蹈、花哨的背景、变幻的灯光转移了观众对音乐的审美注意，不要让音乐成了追求时髦的花花公子，不要以"与国际接轨"为幌子使中国音乐成了失去民族印记的无根之木、无源之水，不要以"创新"为名并用与中国优秀音乐传统相悖的谁也听不懂的怪物忽悠民众。我们要把出发点和落脚点放在让人们享受真善美的音乐上，为构建和谐社会、促进世界和平与发展贡献一份力量。

目　录

第一章 庐剧唱腔的旋法特点

旋律是音乐的灵魂，是音乐的民族风格、地方色彩的最重要标志。我国现存的近三百个剧种的唱腔，速度上都有快慢之分，节拍上都有一板一眼、有板无眼、散板等区别，但风格色彩各异，这里起主要作用的，自然是旋律。庐剧唱腔之所以姓“庐”，主要是因为它的两百个左右的唱腔之间虽然存在着各种差异，但在旋法上明显存在着共性。这个共性正是它们独特的个性，也是它们区别于其他剧种唱腔的主要标志。因此，研究庐剧唱腔，不可不对其旋法特点进行探讨。

庐剧唱腔富有特点的旋法是：由大二度、小三度连续同向上行或下行级进构成的五声音阶的音列组合。

常见的音列组合主要有以下四种，每一种都包含着十组音列（上行、下行各五组）。

第一种，三个音的音列组合：

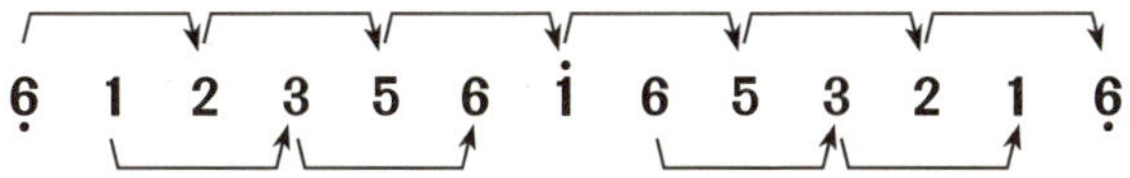

第二种，四个音的音列组合：

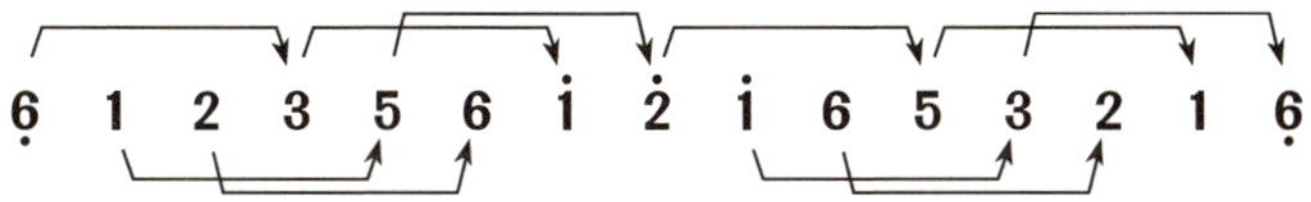

第三种，五个音的音列组合：

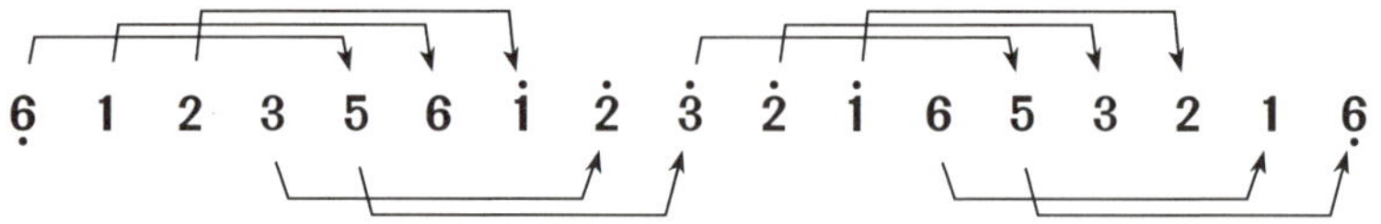

第四种，六个音的音列组合，八度：

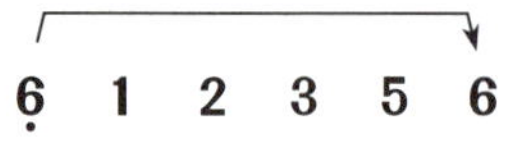

此外，还有七个音、八个音的音列组合，但不太多见，故略去。

上述四种音列组合，在庐剧唱腔中比比皆是。现仅举几个片段为例。

例 1 唱腔旋律片段

二凉

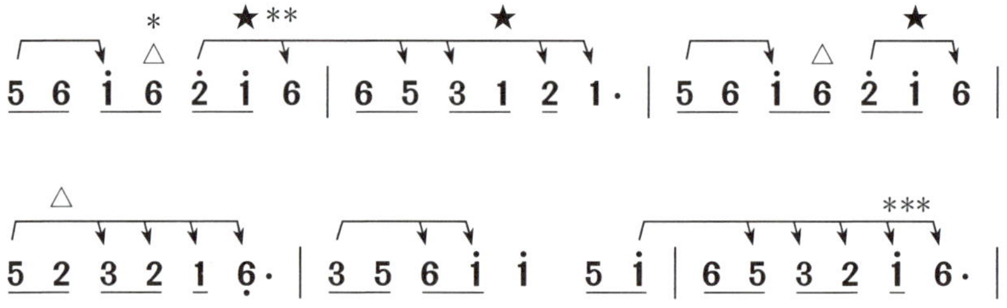

寒腔

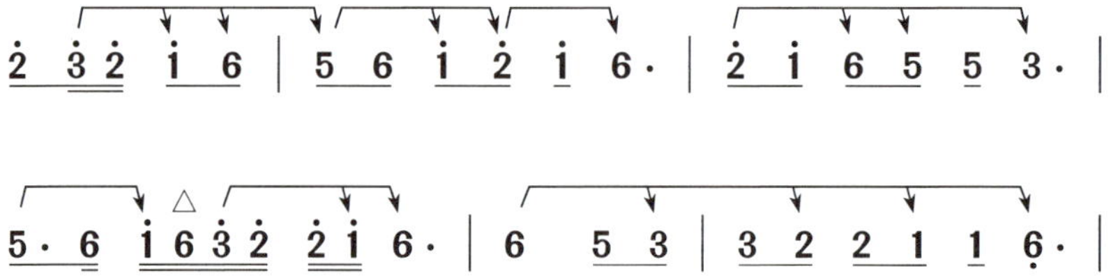

注：＊△系“润饰音”。＊＊★系“缓和音”。＊＊＊系音程转位。

三七

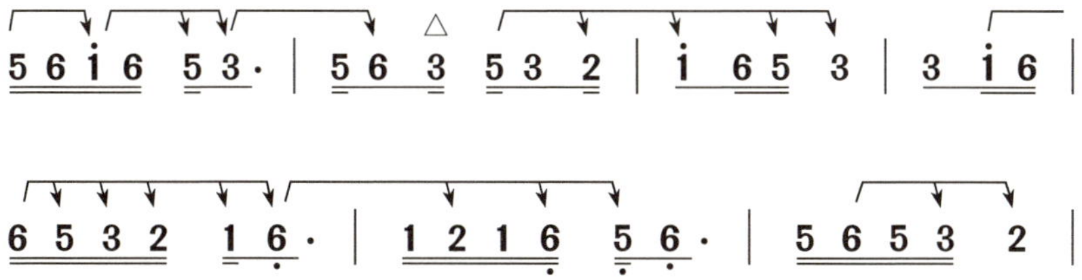

衰调

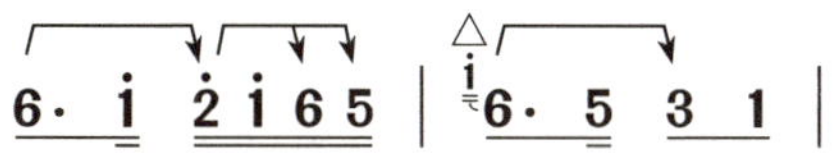

采茶调

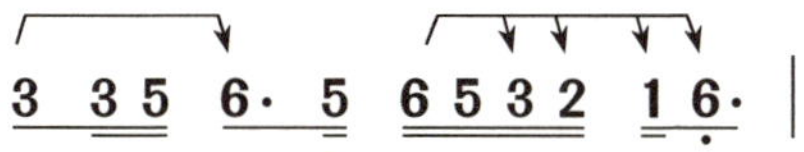

这些音列组合的关系、特点、功能，见述于下。

一是组成各音列的各音与邻音之间都是级进关系，四种音列之间的区别只是组成它的音的多少不同而已。或者说音多的音列是音少的音列的延伸，或者说后者是前者的缩短。如上例中的“653216”，可以看作一个六音音列组合，也可以看作“65321”或“53216”这两个五音音列的延伸，或者说后者是前者的缩短。以此类推，这个六音列，也可以看作“6532”“5321”“3216”这三个四音列、“653”“532”“321”“216”这四个三音列的延伸，或者说后者是前者的缩短。

在庐剧唱腔中，组成旋律的音列的音的多少，往往受到唱腔所要表达的情绪的制约。一般来说，抒情性的，情绪比较压抑、悲哀的唱腔，以第三、四种为主（如【寒腔】）；叙事性的，情绪比较欢乐、活泼的唱腔，以第一、二种为主（如【花三七】【三七花腔】）。在旋律线上，前者同向下行为多，后者波浪式进行、同向上行较多。就是在同一类唱腔中，这种情况也很明显。如在例二中，上行是偏重于叙事的【平二凉】，下行是情绪压抑的【寒二凉】，前者旋律线跳动较大，第二小节是带润饰音的五音组合，后者几乎无跳进音程，第二小节是七音组合。

例 2　【平二凉】与【寒二凉】前两小节旋法比较

平二凉

寒二凉

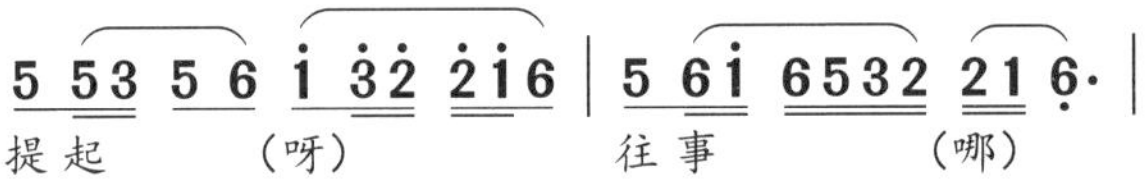

毫无疑义，这是因为连续同向下行给音调带来了灰暗的色彩。诚然，这仅是就此而论，并未把其他音乐要素包括在内。以下同此。

二是第一种音列组合的十组音列中，唯有两组音列的两端（1⟷3）是大三度，其他都是纯四度；第二种音列组合的十组音列中，唯有两组音列的两端（3⟷$\dot{1}$）是小六度，其他都是纯五度。显然，这种差异是由五声音阶中只有宫⟷角是大三度音程造成的。以宫、角为核心，在其下方、上方分别延伸一个符合五声音阶音列组合特点的音程——小三度，构成了五声音阶中独一无二的由三度音叠置而成的四音组合："5⟷[3⟷1]⟷$\underset{\cdot}{6}$"，它刚中有柔，柔中有刚，具有复合功能和独特的色彩。同样，因"$\dot{1}$（6　5）3"是唯一的小六度，也有独特的色彩。由此，它们构成的唱腔，与其他唱腔形成了鲜明对比。这就是我们会感到庐剧唱腔中【三七】系统、上路行当类及某些花腔有别致的色彩的根本原因，也是庐剧唱腔会出现属一个"司令部"而服饰不一的两支队伍的根本原因。

三是每种音列组合的前五组与后五组（横向）是逆向关系，这种逆向进行大多是成对地紧接出现的。我们可分别称前一音列为"顺向音列”，后一音列为“逆向音列”。它是庐剧唱腔旋法上返原性（在连续上行或下行造成一定的紧张度后，用逆向进行使其返到原来音）的一种特殊形式。如在例 1 中，“5 6 1̇ 2̇”与“2̇ 1̇ 6 5”，“3 5 6 1̇”与“1̇ 6 5 3”，“6 1̇ 2̇”与“2̇ 1̇ 6”，等等，都是这样的成对音列。至于不紧接出现的（隐伏的）则更多，在此不再赘述。

逆向音列的紧接出现，减弱、模糊了顺向单列的色彩。如例 3 第二小节在连续下行（5 6 3 2 1 6̣）之后，紧接的逆向音列使全部旋律豁然开朗起来。

例 3 【花二凉】大过台

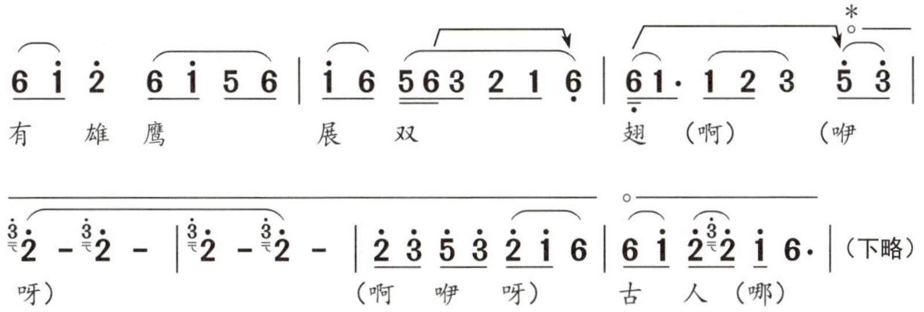

每种音列组合的前五组或后五组的组与组之间（纵向）的音程关系，纯五度（四度）有四对，大二度有三对，小三度有两对，大三度仅一对。由于纯五度（四度）是支持关系，大二度、小三度是符合音列组合级进关系的，大三度却不然，故前三种在庐剧唱腔中常见，后一种较少见且有独特的色彩，如例 1 中，“2̇ 1̇ 6”与“6 5 3”“5 3 2”是纯五度（四度）关系，后两个音列又是大二度关系；“3̇ 2̇ 1̇ 6”与“1̇ 6 5 3”“6 5 3 2”之间亦是这样的关系。这种关系与五声音阶的五个正音之间的关系是一致的。又由于音列组合是五声音阶的，所以它们之间纵向音程关系不可能是严格的，而往往是以宫代变宫、角代清角、羽代闰

注：* ○系用小嗓演唱。

的形式出现的。

上述纵横关系可用如下图表示。

例 4 音列组合的纵横关系

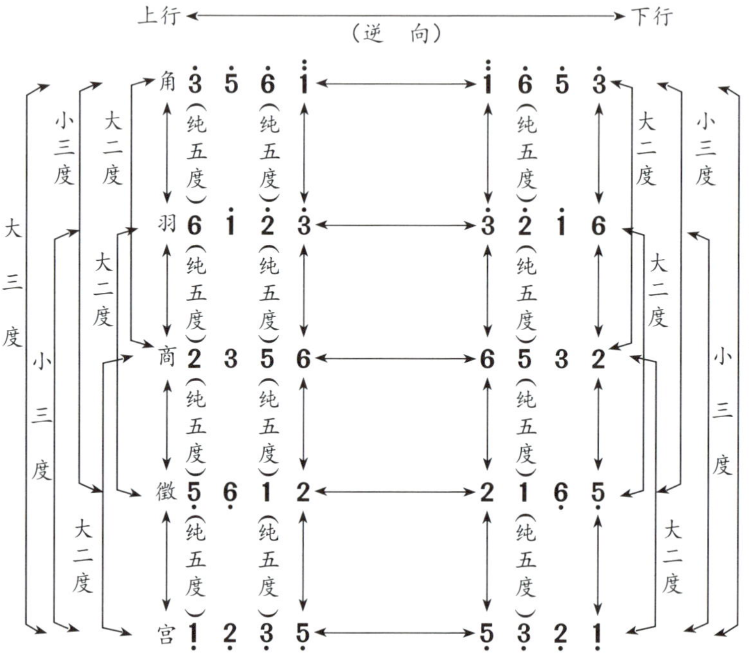

四是音列组合的跳进。在庐剧唱腔中，旋法上出现的跳进有以下两种情况。

第一种由于音列组合是五声音阶的，所以有四对纯四度音程是因遇到偏音而“被迫跳进”所形成的，即商、徵向上构成三度，因遇清角、变宫而进行到徵、宫；商、羽向下构成三度，因遇变宫、清角而进行到羽、角(连同逆向进行正好是四对)。我认为在这些音程五声音阶中不能视其为跳进，而应视为级进，正因为这样，纯四度音程的构成是“被迫”的。故它们在庐剧唱腔中虽比大二度、小三度要少得多，但仍比大三度要多。如《拦马调》：6 6 2 2 | 3 65 321 |；《丁香调》：6 2 1 | 61653 |；【三七花腔】：6 6 | 6 2 1 2 |；【寒二凉】：2 53 2 1 6 - |。

第二种音程转位，即把原来音列中本应连续下行的音移高八度，使其与前音的级进关系变成大跳。这在庐剧唱腔特别是主调系统的【二凉】【寒腔】【三七】中是非常突出的。如【二凉】：6 5 3 2 ˙i6 – |；【三七】：53 2 | i 65 3 |；【寒腔】：5 3̇ 2̇ ˙i6 – |。

以上三例即把大二度、小三度变成了小七度、大六度音程。在上路【二凉】等唱腔中，更把大二度变成十四度音程，如：

5 6 5 3 2 1 6̣ | 5̇· 3̇ 3̇ 2̇ i | 6 i 2̇ 3̇ ˙i6 – |

跳进音程使旋律线变得曲折跌宕，强化了旋律的表现功能。尤其是音程转位带来的小嗓的运用，既是庐剧唱腔小嗓的特点之一，又是它形成的原因之一（关于庐剧小嗓的特点和成因，容后面再叙）。

五是"润饰音"与"缓和音"。所谓"润饰音"，即是在音列中加入的非音列本身的音（全称为"五声音阶的润饰音"，例 1 中用△标出）。它有三个特点：一是五声音阶的正音。二是往往处在弱位置，时值一般相当短促，它的功能主要是润腔和装饰旋律，并形成一定的稳定性的程式。如在【二凉】中，5 6 i 6 2̇ i 6 | 即是这样，无论唱词的感情色彩如何、字腔吻合与否，一概这样唱。三是调整字与腔的关系和增添旋律的色彩性。如《二凉连词》一般唱成 2 3 5 5 6 i 5 3 | 2 3 1 6̣ 5 – |，但在下例中，由于"大"字是去声（调值是 51），故唱成 2 3 5 5 6 3 2 6̣ |（装到我们大（呀））1 2 ˙i6 5 5 – 1 |（帮（嗳）），从而字调与音调相吻合。再如【三七花腔】一般唱成 5 5 6 | i 2̇ | 6· i 6 5 | 3· 2 3 | 5· 6 5 2 | 3· 5 3 2 | 1 – |，但

在下例中加了许多润饰音：$\overset{i6}{}$5· 6 | i̇ 2̇ | 6·i̇ $\overset{6i}{}$6 5 | 5 3 23 |
扇 子 飘 飘

5·6 5 2 | 3235 2·532 | 1 - |，大大丰富了旋律的感情色彩，渲染
在 胸 怀

了秦雪梅此时此刻的心情。还如上路【寒三七】上句的最后两小节，在情绪高昂时唱成 3$\overset{3}{}$5 3 1 | i̇$\overset{6}{}$i̇ 6 | 或 5 3 1 i̇ | 6 65 6 | 等，但在情绪比较缠绵或悲伤时，则加进了一个润饰性很强的偏音：3 5 3 1 | i̇$\overset{i}{}$7 6 |。所谓“缓和音”，是指在同一乐句内的旋律跳进后出现的反向进行的音。因它对跳进形成的紧张度有缓和作用，故起此名（例 1 中用★标出）。五度或五度以上跳进后，必然出现此音；大三度、纯四度中间也多出现此音，但因其是小跳，故有时也继续作同向进行，如在《拦马调》中：6̣ 6̣ 2 2 | 3 65 321 |即是这样，但仅限于一次。它的位置必在一对跳进音的后一个音的上方（或下方）的大二度或小三度上。如在例 1 中是 6→2̇（i̇）、3→1（2）、6→3̇（2̇）、6→3（5）、5→i̇（6）等。

本章开头所说的庐剧唱腔的旋法特点的产生并不是偶然的。

众所周知，汉语的字调在一定程度上决定了旋律进行的基本趋向，以求得字正腔圆。

庐剧流行地区的六安、霍山、霍邱、合肥等地方言的字调调值基本是一致的，而与无为、芜湖等地方言略有差别。六安等地方言有以下几个特点。一是调值与北京话调值相差甚大。如阴平，北京是 5 5，六安是 2 1 2；阳平，北京是 3 5，六安是 5 5；上声，北京是 2 1 4，六安是 2 4；去声，北京是 5 1，六安是 4 1。二是调高与北京话也有区别。六安的平仄声虽也有高而扬、低而促之分，但两者的区别不像北京话那么

明显。三是六安等地方言对组成词组的字的主从关系，往往是不分的。如“焦愁”在方言中，高低、长短是差不多的，故在唱腔上也是如此，如【花三七】：1232 16· |（焦 愁（啊））。四是阴平与阳平的调值悬殊，但连接起来（如【天平】）相差却很小，去声与其他三声连接时也唯有感情色彩较浓时区别才较明显。这种方言中的变声，加上阴平与上声的调值相差无几，决定了唱腔旋律中较少出现跳进。五是在发音上，方言中使用喉音特别多。如“妈妈”，在方言中音调很低（非绝对调值）：¹6 1 ¹6 1（妈 妈），生活中叫起来：¹6 1 ¹6 1 ¹6（妈 妈 吔）。合肥常称妻子为“板奶奶”，生活中叫起来：³5 ²3²3 ³2（板 奶 奶(吔)）。“妈妈”“奶奶”都音调下行归结到喉音。这个特点在一些年纪大的老先生吟诵古诗的音调中也十分显著。例 5 中“住在横塘”“水呀”“日日来”都归结到喉音。

例 5

(a) 崔颢《长干曲》（下略）

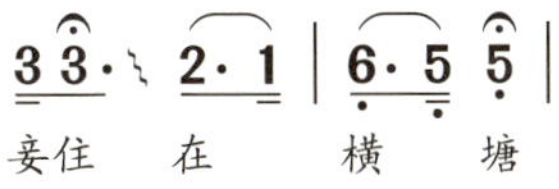

(b) 杜甫《客至》

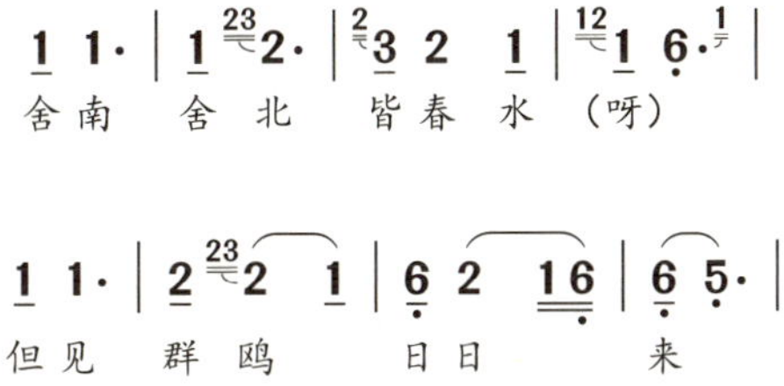

再如，这些地方的叫卖声也有这个特点：

例 6　卖冰棒

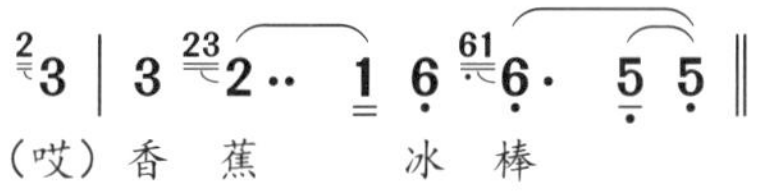

由此可见，下行的音列组合在旋律中的优势地位，是不足为怪了。这些字调的特点，是决定庐剧唱腔旋法特点的重要因素。但字调毕竟不是音乐，庐剧唱腔必须根据人物感情等因素，对字调进行一系列的提炼、修饰，使之音乐化。上述的“润饰音”即由此而来。至于音列组合的转位，除了感情因素外，还有一个地理环境的因素，这在“起源”章节中将予以详述。

庐剧唱腔的旋法特点，音列组合之间的关系、功能等，给庐剧唱腔的调式、调式转换、各声腔系统的相互关系和区别等方面都带来了重大的影响。

第二章　庐剧唱腔的调式及转换

我们在论及这个问题前，须先阐明两个概念。第一个是关于五声音阶调式的“支柱音”。它是调式上方(下方)五度音，对调式主音有很大的支持作用，对明确调式有重要的意义。在五个调式中，除角调式属音(变宫)外，宫调式虽缺下属音(清角)，但因角是它的主音上大三和弦的三音(骨干音)而常常代替清角对主音起一定的支持作用；其他三个调式则都有属音和下属音。鉴于五声音阶连续级进的特点，调式的支柱音往往不易辨别，只能根据各音对主音的倾向性、时值的长短、在节奏中的位置、重复次数的多少加以辨别。第二个是关于庐剧旋律中的“中结音”。它一般出现在分句的句尾，给人稍有停顿、似断非断的感觉。在庐剧唱腔中，它一般是调式的支柱音。在调式交替中，它又是两个调式的共同支柱音(原调式的下属音、新调式的属音)。因此，它具有推动乐思的发展、强调对调式主音的支持、作为调式交替的媒介的作用。

下面我们对庐剧唱腔中主调类三个母体唱腔的调式作一剖析。为了使阐述不至于累赘，仅以上、下句、连词、过台为例。

例 7　平二凉

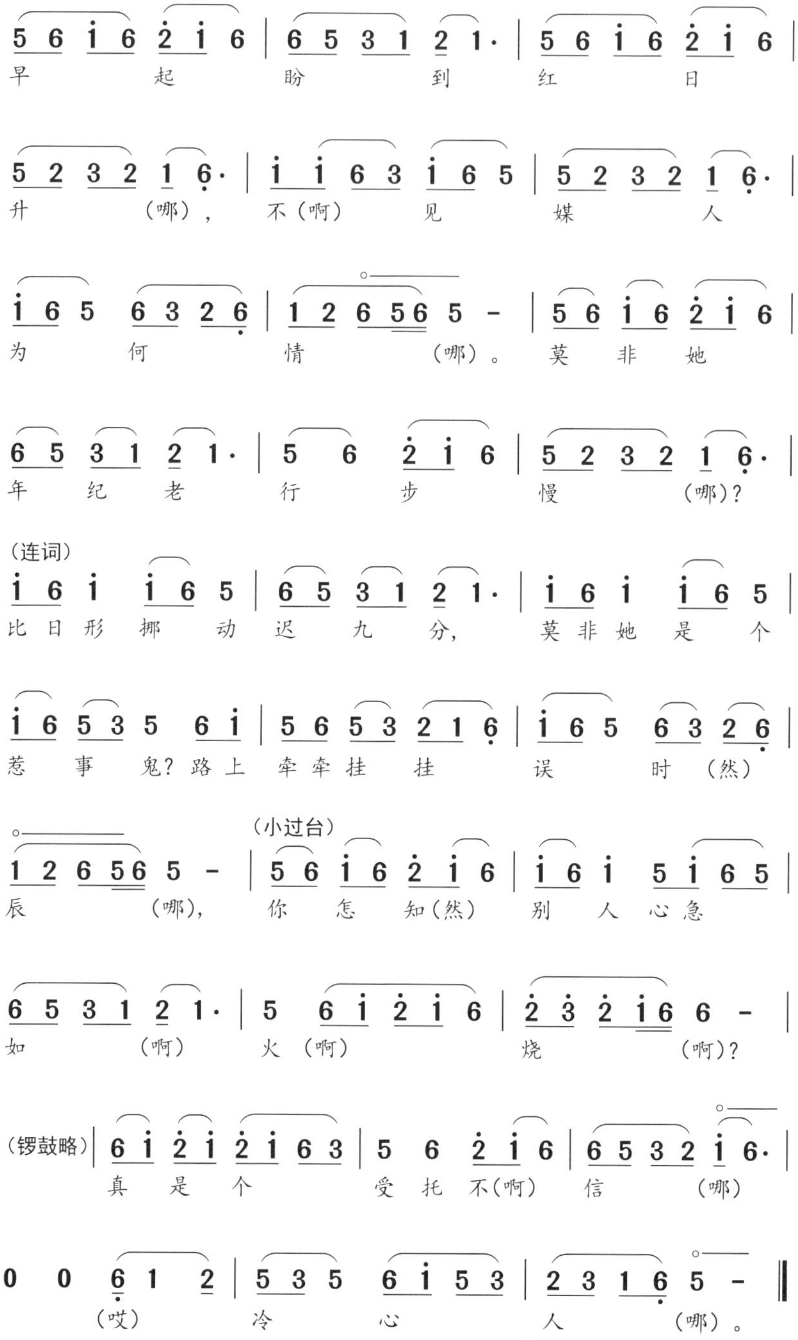
早 起 盼 到 红 日
升 （哪）， 不（啊） 见 媒 人
为 何 情 （哪）。 莫 非 她
年 纪 老 行 步 慢 （哪）？
（连词）
比 日 形 挪 动 迟 九 分， 莫 非 她 是 个
惹 事 鬼？ 路 上 牵 牵 挂 挂 误 时 （然）
（小过台）
辰 （哪）， 你 怎 知（然） 别 人 心 急
如 （啊） 火 （啊） 烧 （啊）？
（锣鼓略）
真 是 个 受 托 不（啊） 信 （哪）
（哎） 冷 心 人 （哪）。

例 7 上句中，第一、二小节带有徵调式色彩，但从总体来看，各音倾向解决到羽，羽音在乐句中出现得最多，时值较长，四小节中有三小节收尾于羽，用的又是“2̇ i̇ 6”“2 1 6̣”这样以四度音作支架的三音列（它是羽调式音列，见江明惇《汉族民歌概论》），第四小节也是羽调式色彩较强的音列（5 3 2 1 6̣）。下句的各音，尤其是羽，明显倾向于徵，徵在乐句中出现最多，时值较长，且用于结束。乐句中反变出现的“i̇ 6 5”是以四度音作支架的徵调式的三音列，但结束小节的“5 6 i̇ 2̇”的徵调式功能不是太强，因此造成一定的不稳定性。连词的上句同前上句，下句的第二小节则用徵调式的下属音（宫）作为中结音，第三、四小节更强调了徵调式，第五、六、七小节同前下句。小过台基本同上句，但其收尾由于羽的强调和音列的前移而使羽音的功能得到加强。大过台基本同下句，但大过台前三小节羽调式色彩相当强，结尾的徵调式色彩也较弱（尽管有终止感）。因此，上路【平二凉】大过台往往也用羽调式收尾：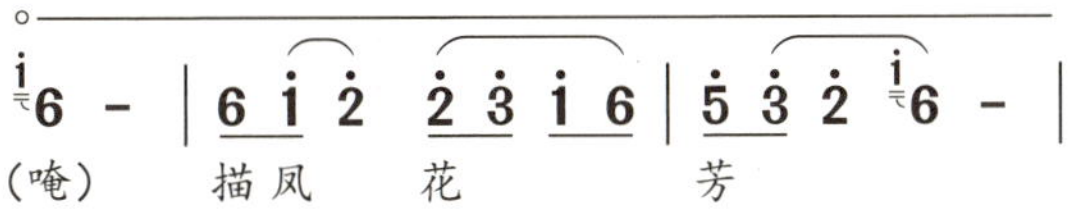

，但因其容易与小过台的结尾混淆，且缺乏终止感，故很少被运用。

例 8　平寒腔

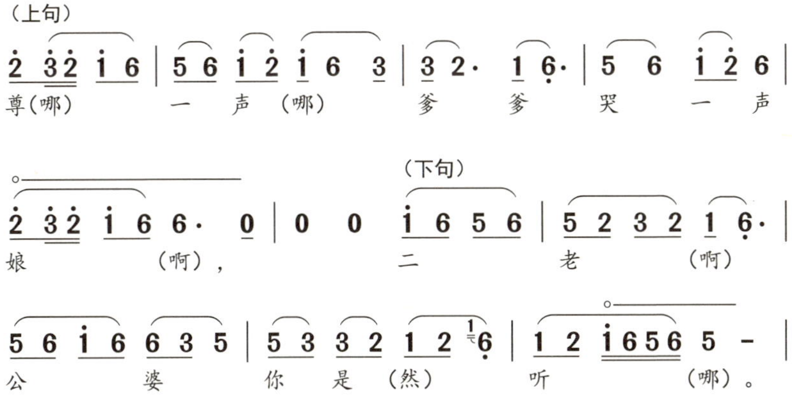

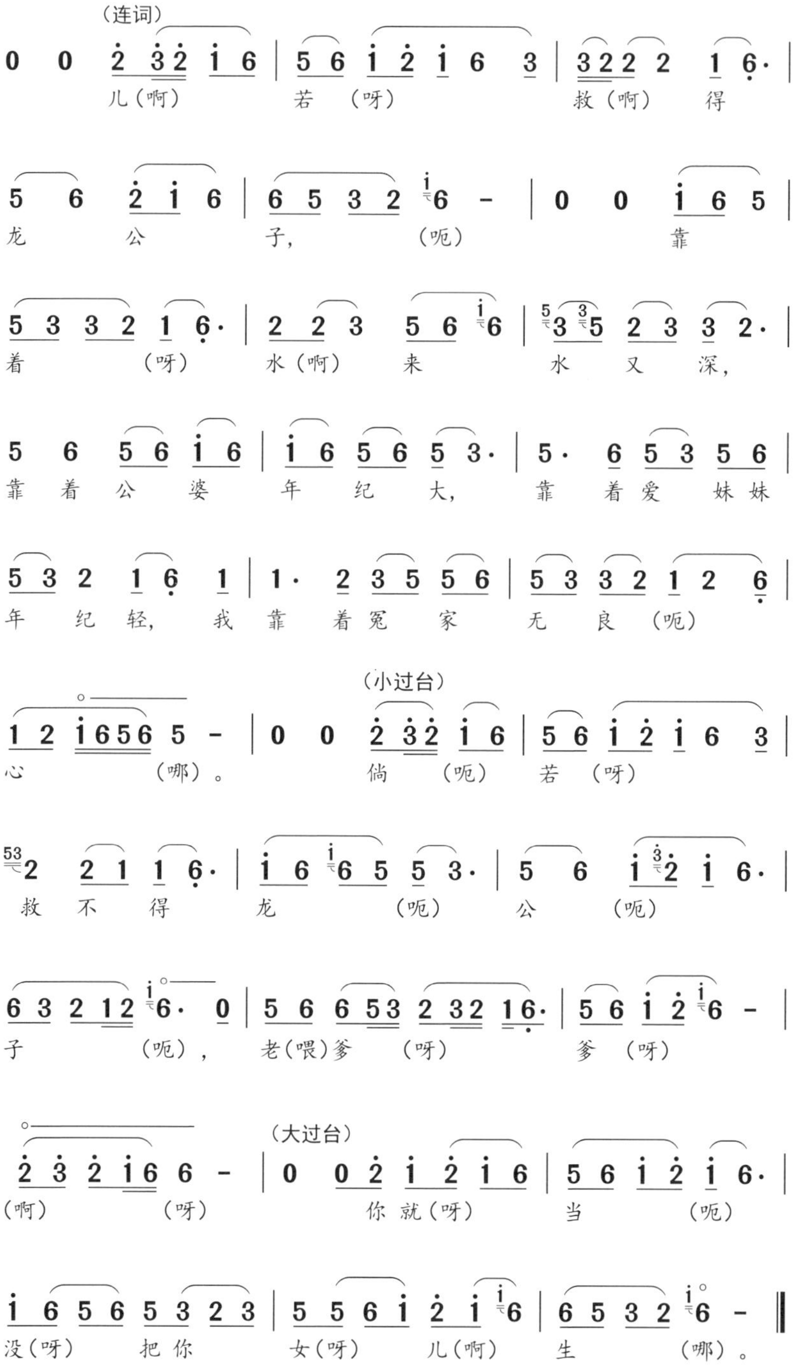

（连词）
儿（啊）　若（呀）　救（啊）得
龙　公　子，（呃）　靠
着（呀）水（啊）来　水　又　深，
靠　着　公　婆　年　纪　大，靠　着　爱　妹　妹
年　纪　轻，我　靠　着　冤　家　无　良（呃）
（小过台）
心（哪）。倘（呃）若（呀）
救　不　得　龙（呃）公（呃）
子（呃），老（喂）爹（呀）爹（呀）
（大过台）
（啊）（呀）你　就（呀）当（呃）
没（呀）把　你　女（呀）儿（啊）生（哪）。

例 8 上句无疑是羽调式。下句从第三小节起，以“$\underset{\cdot}{5}\ \underset{\cdot}{6}\ 1$”“$1\ \underset{\cdot}{6}\ \underset{\cdot}{5}$”徵调式功能三音列为主，句尾以“$2\ 1\ \underset{\cdot}{6}\ \underset{\cdot}{5}$”音列收尾，形成色彩不太强的徵调式。连词上句同前上句，下句前两小节承上句最后两小节旋法，后面则是模进，中间用羽调式、徵调式的共同支柱音（商）为媒介。小过台基本同上句。大过台的最后三小节，羽和它的支柱音不仅出现多、时值长，而且占有重要节奏位置，最后一小节更是以“$6\ \dot{1}\ \dot{2}\ \dot{3}$”这个羽调式功能很强的音列为终止，故是羽调式。

例 9 三七

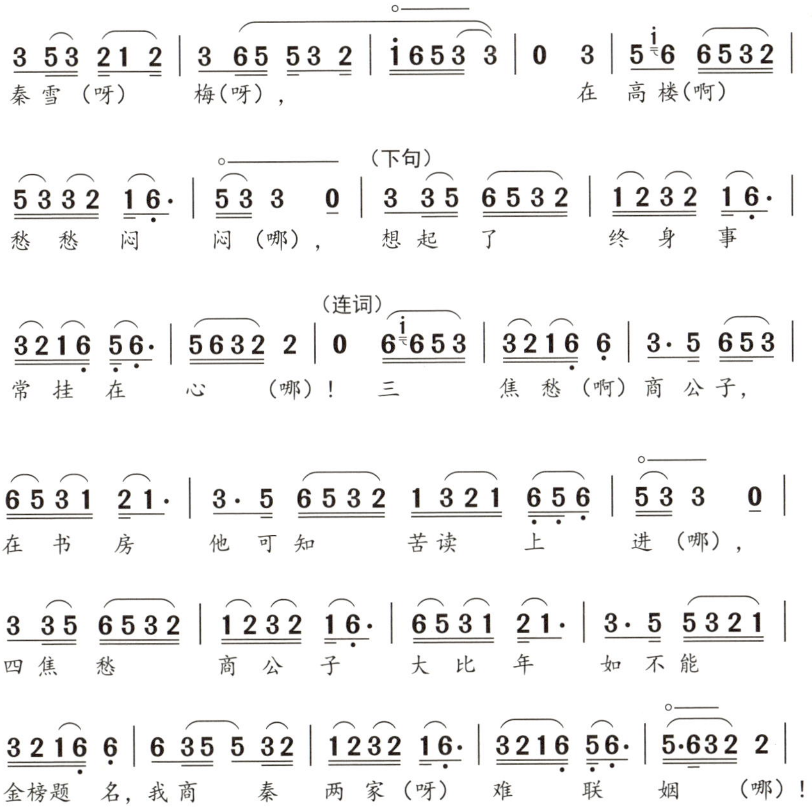

例 9 中,角在上句的主音地位是很清楚的,其他音都倾向解决于它,是角调式。下句第三小节弱拍上的徵音乃商调式的支柱音,它虽然很短而且马上进入羽,却为构成商调式做好了准备,最后一小节的四音列(**2 3 5 6**)有较强的商调式色彩。值得注意的是,上句、下句结束前一小节的音列(**i̇ 6 5 3** 和 **6 5 3 2**)是上方(下方)五度关系,也就是说明羽不仅是角、商调式的共同支柱音,而且成了它们的共同支柱音列。连词的上、下句也由此法构成。小过台同前上句,大过台最后两小节结尾基本采用上句旋法,且强调了角和支柱音及"**i̇ 6 5 3**"这个角调式音列,从而形成角调式。

为了进一步把问题说清楚,我在下面把这三个声腔的上、下句写在一起,并注明它们音列之间的关系。

例 10

(a)二凉

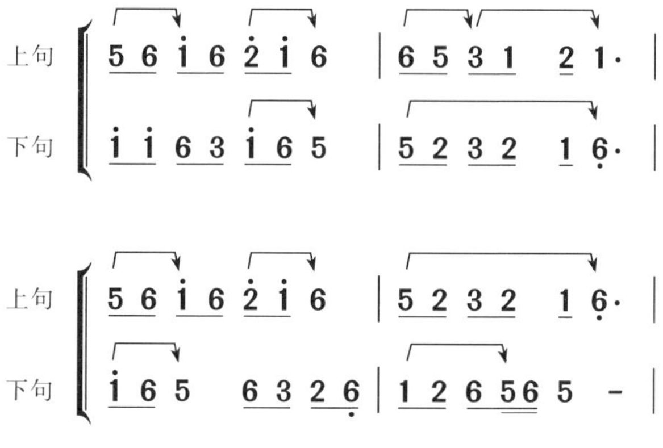

它们的三音列关系是：

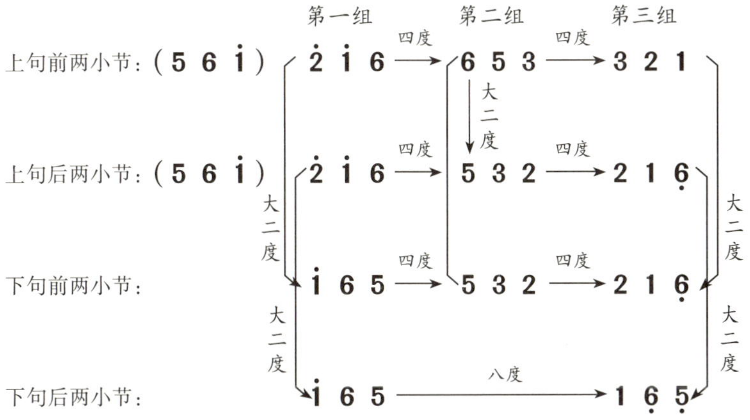

（b）寒腔

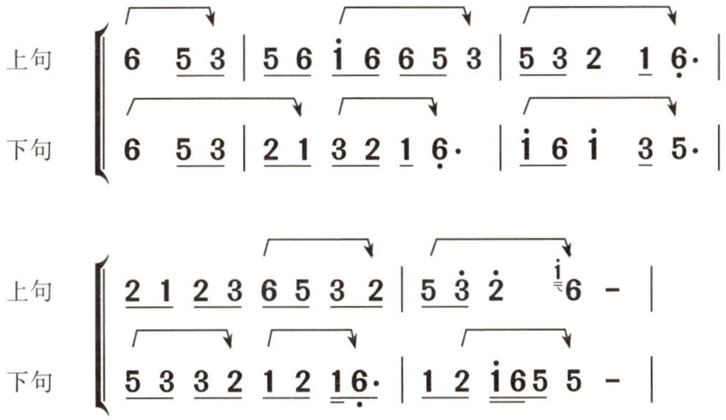

它们的音列关系是：

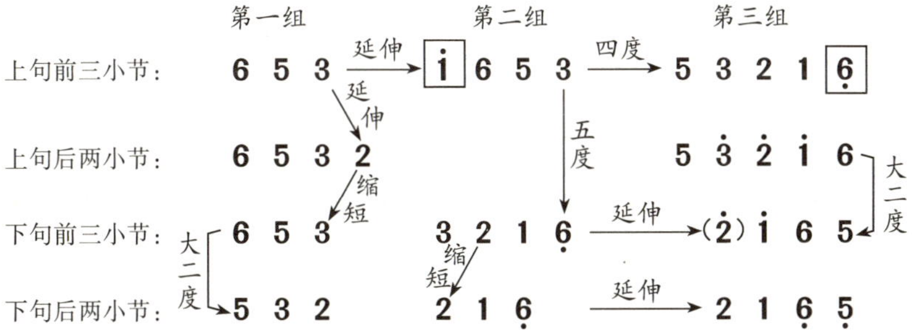

（c）三七

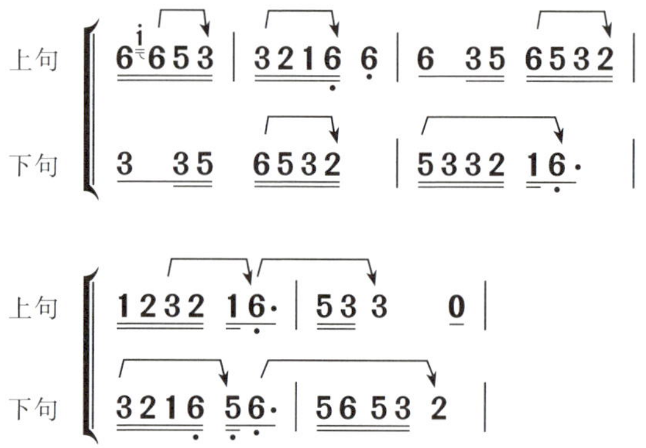

它们的音列关系是：

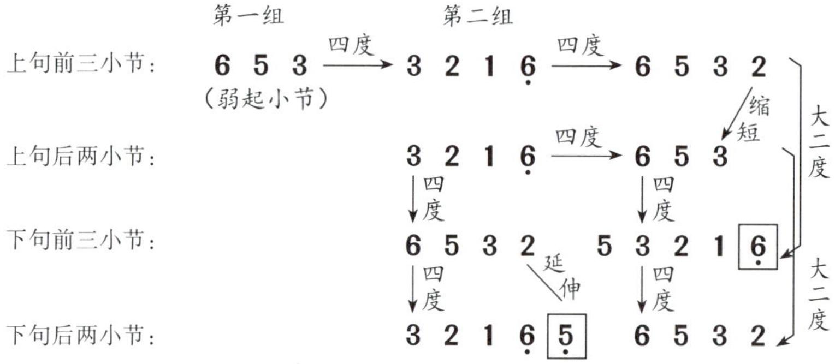

由例10可见，【二凉】上句强调的除羽外，是它的支柱音角和商；下句强调的除徵外，是它的支柱音商和宫。【二凉】第一组的下句比上句低大二度，第二组上句的后两小节比前两小节低大二度，第三组的上句后两小节与前两小节亦然，这种关系与羽→徵两调式之间的大二度关系是一致的。音列之间的关系，纵向是大二、纯五（四）度，横向是延伸或缩短。

【寒腔】的上句明显是羽调式，下句直到第三小节的最后才有向徵调式转换的倾向（角倾向于徵，而不倾向于商），下句后两小节承前转入徵调式，徵调式是软弱的。下句前三小节的第一组、第三组分别与下句后两小节第一组和上句后两小节第三组构成大二度，这与它在最后三小节转入徵调式是一致的。音列之间的纵横关系同上。

【三七】的上句，强调的是角和它的下属音羽，第三组“6 5 3 2”顺之而下行到“6̣”，由此（移位）级进到主音角，故是角调式；下句第三小节下行到商调式的下属音，再进入属音，再进行到商，强调的（处于一拍或小节中强拍的）是商、羽和徵（它在上句中未予以强调），故是商调式。下句与上句的音列之间关系同前文所述。

如把这三个唱腔用转位将其按音列级进排列，音列之间的关系就更清楚了：

例 11

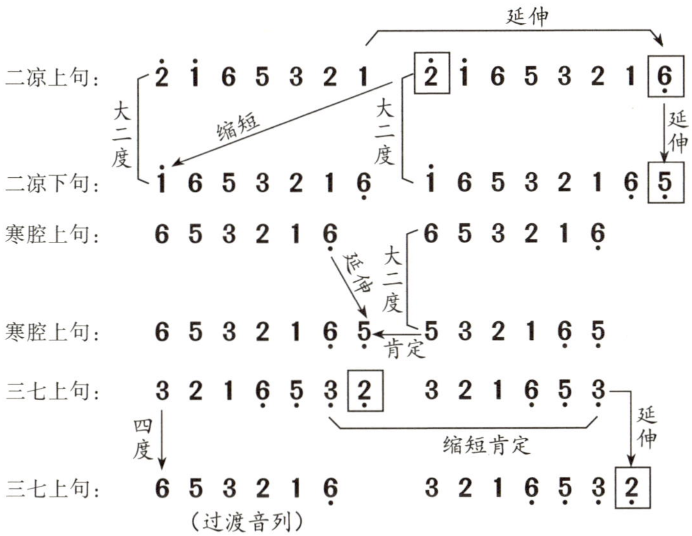

从以上三个声腔的调式分析中，我们可以看到它们在调式和调式转换上的重要特点：它们的调式不是单一的（并不是说庐剧唱腔中没有单一调式），原调式与下方大二度调式构成了对置式交替。

诚然，以上几例的调式交替，两个调式的比重有所不同，如在【二凉】中，羽、徵几乎对等，【寒腔】【三七】则以原调式为重。

上述调式交替既有其渊源（见第八章），又与前述旋法特点、音列间关系是息息相关的、一致的。

例 12　调式交替与音列的关系

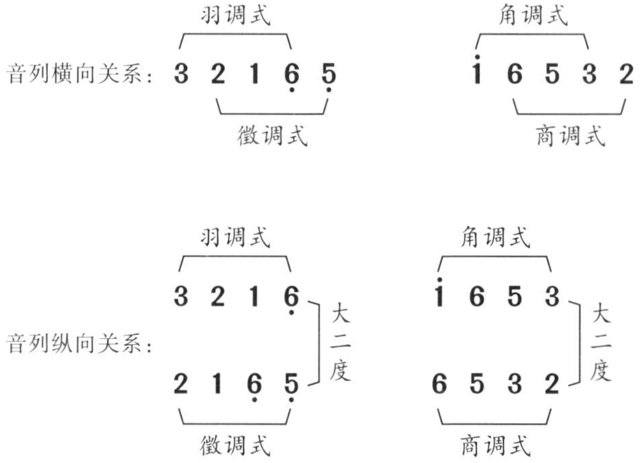

这种大二度关系的对置式调式交替，在花腔中屡见不鲜。如例13是端公戏的神调的一种唱腔，是角→商调式交替。

例 13　放鹦哥调

这个唱腔，虽然没有用羽作中结音，但它在旋律中的位置是显著的。

至于非对置式的大二度关系的调式交替，在循板、吆台和花腔中都可见到。如例14循板（寒腔）的前大半部是羽调式，最后转入徵调式；吆台（寒腔）也是如此。

例 14

(a)循板（寒腔）

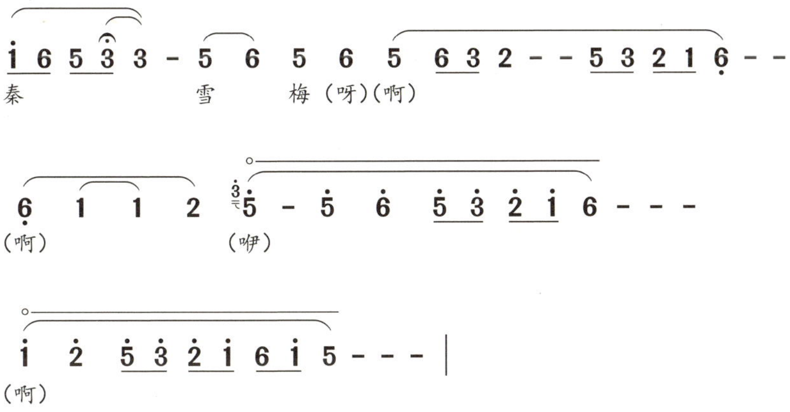

(b)吆台（寒腔）

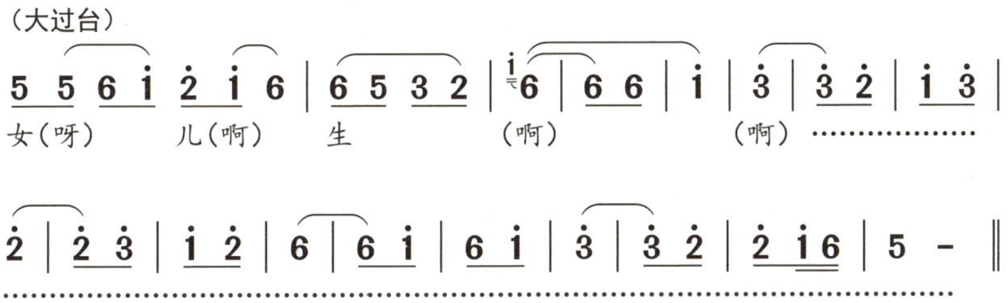

例15是上路《卖货调》，是羽→徵调式交替，中结音是两个调式的共同支柱音商。

例 15

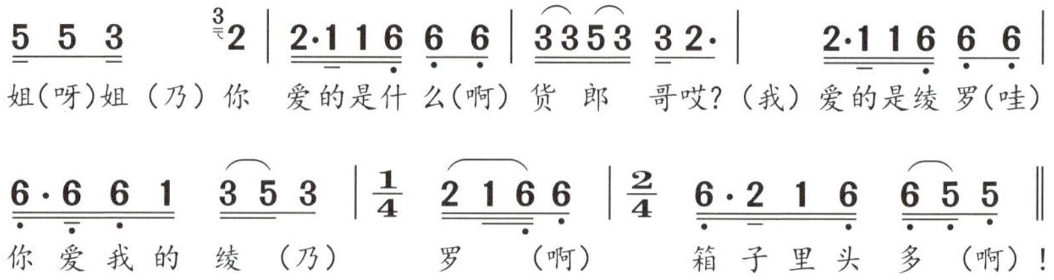

除了羽→徵、角→商的调式交替外，在花腔中还有商→宫这对大二度关系的非对置式调式交替。例 16 的 a、b、c、d 都是商调式 d’的商音从原来主音地位退到从属地位，取而代之的是宫及其支柱音，这在最后两小节更为明显。

例 16　献宝

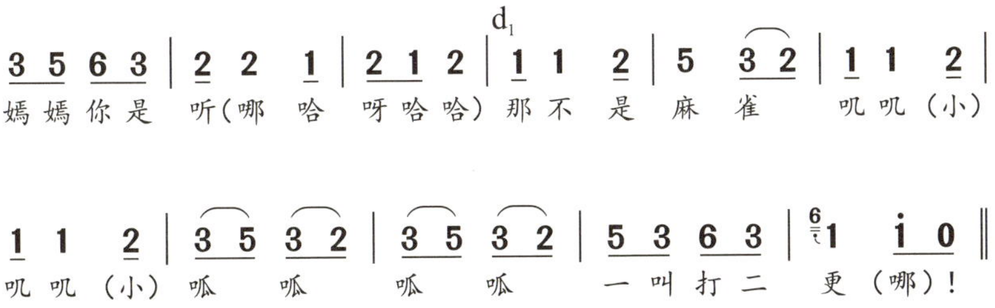

例 17 中商调式转宫调式更为典型。

例 17　调情调

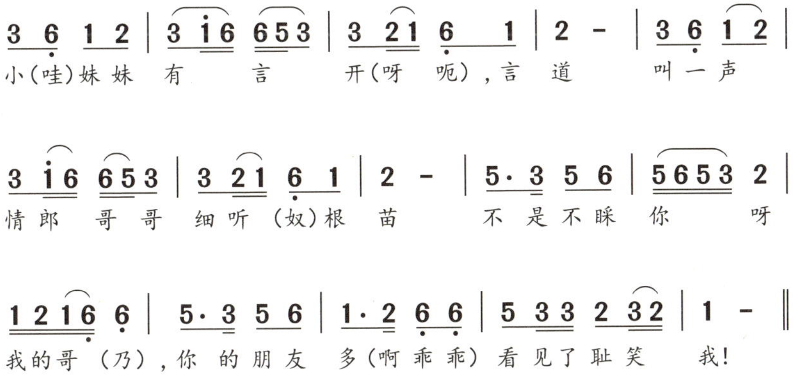

这种大二度关系的调式交替，由于两个相邻的音列组合之间的延伸（缩短）关系，支柱音有一定的含糊性，加之旋律进行方向的改变，往往使庐剧声腔的调式带有一定的多变性。如例 18 是中路和上路《哭灵调》，两者前面都是羽调式，但前者在最后两小节强调了徵的属音（商）和下属音（宫），使它转入徵调式；后者的最后两小节则是把它前面的两小节移高八度，使它保持了原来的羽调式。

例 18　哭灵调

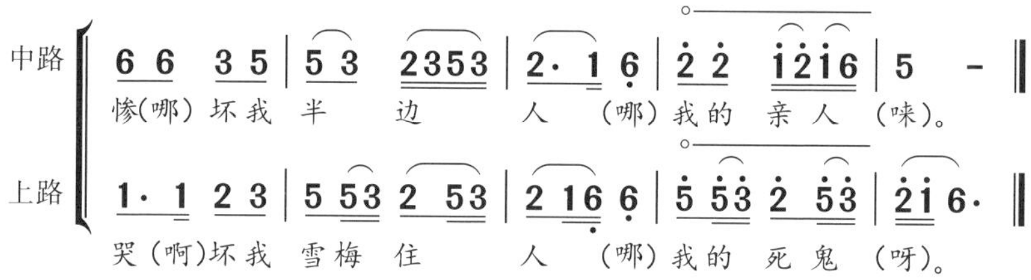

再如《打补丁》的收尾，一种是保持原来的羽调式：5· 6 | 5 3 2 6 | 1·1 2 1 | 6· 0 ‖；另一种则改变旋律进行的方向，用了“i 6 5”这个富有徵调式色彩的三音列，转入徵调式：5· 6 | 5 3 2 6 | 1 1 2 6 | 5· 0 ‖。

庐剧唱腔中，除上述大二度关系的调式转换外，还有小三度关系和异宫系统支持关系调式转换。如在著名的《秦雪梅观画》联曲中，【花二凉】(例中略去)系 A 宫调系统的徵调式(E 徵吆)，转入的“三七循板”“三七花腔”都是 D 宫调系统的羽调式(b 羽)，两者都是异宫系统(下属)的调式转换，两个调式主音音高相差纯五度，“三七花腔”台则转入同宫系统的宫调式(D 宫)。

例 19　《秦雪梅观画》联曲片段

①【花二凉】(E 徵)：谱略。

② 三七循板(b 羽)：(前略) 2 i 2 6· 5 3 – 3· 5 3213 2· 1 6 –

③ 吆台

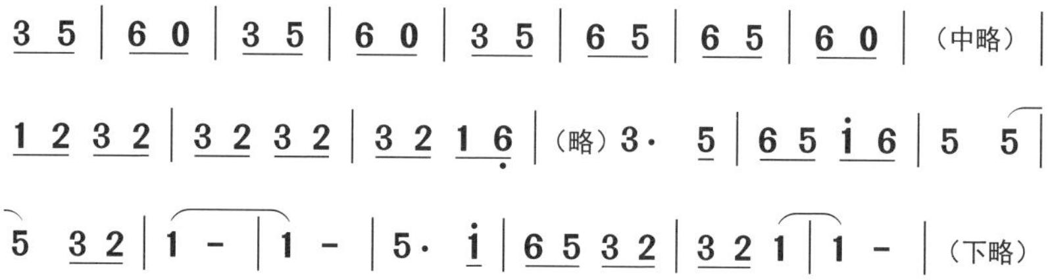

例 20 是花腔类中四个声腔：a 是 E 宫调系统的羽调式转入 B 宫调系统的商调式，b 是 G 宫转入 D 宫，c 是同宫系统的羽调式转入宫调式，d 是 D 宫转 A 商。

例 20

（a）单相思

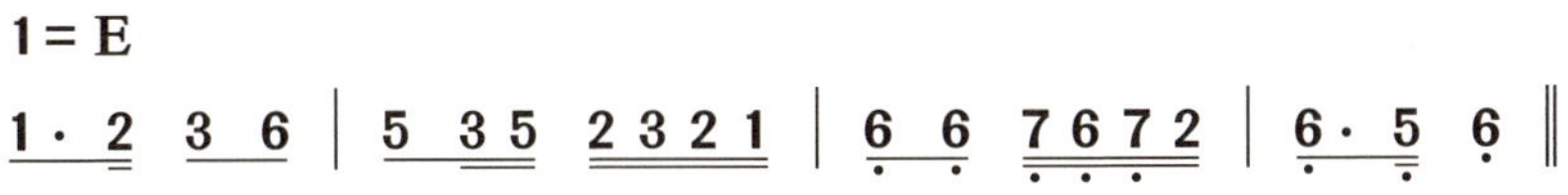

（b）拦马调

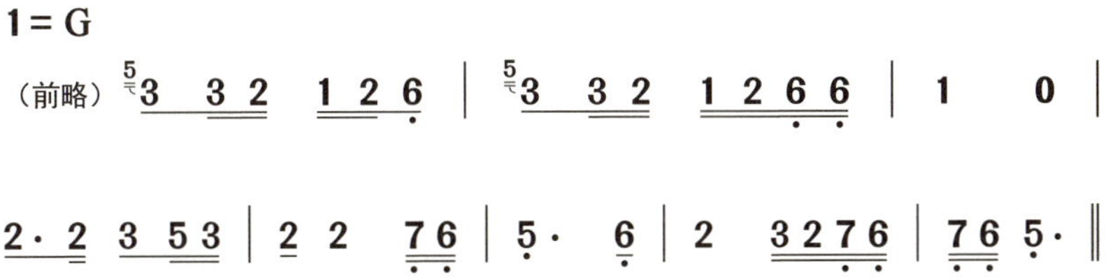

（c）铺床调

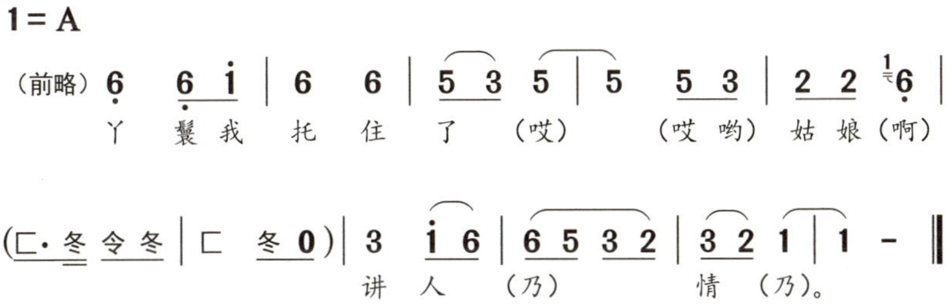

（d）骂鸡调（上路）

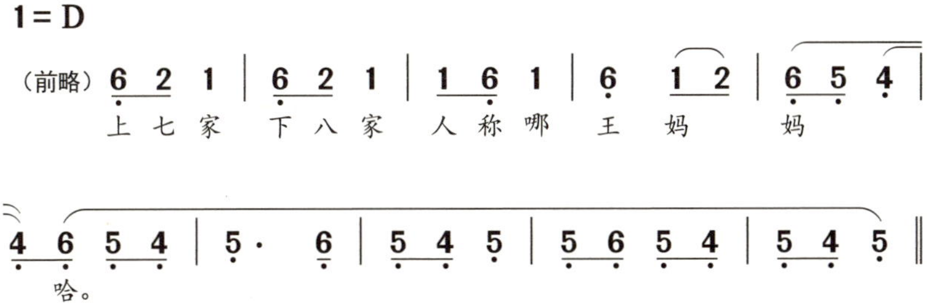

第三章　主调类唱腔的表现功能、体制和分类

按传统习惯，庐剧唱腔可分为主调和花腔两大类。主调类又可分为三个系统，行当专用调、端公调可归入其中。

主调类的板式、常用的速度、表现功能（指艺人经常用它表达情绪），可列表概述如下。

例 21

系统名	声腔名	板式（不含循板、吆台）	速度	表现功能
二凉系统	【平二凉】	一板三眼	中速	叙事
	【快二凉】	一板一眼	稍快	亲切地
	二凉连词	一板一眼	中速	直白、叙事
	小生二凉	一板三眼	中速	小生专用
	【花二凉】	一板三眼	稍快	喜悦
	【寒二凉】	一板三眼	稍慢	较悲怆
	【慢二凉】	一板三眼	中慢	凄凉地
寒腔系统	【平寒腔】	一板三眼	中慢	痛苦、悲哀
	【快寒腔】	一板一眼	快板	悲愤、斥责地
	【慢寒腔】	一板三眼	慢板	痛不欲生

续表

系统名	声腔名	板式（不含循板、吆台）	速度	表现功能
三七系统	【花三七】	一板一眼	中速	喜悦、抒情
	小生三七	一板三眼	中速	小生专用，潇洒地
	小生三七	一板一眼	快板	激昂
	【硬三七】	一板一眼	稍快	愤慨
	奶生三七	一板三眼	稍快	少年专用，较活泼
	【寒三七】	一板三眼	中慢	凄凉、伤心或激愤
行当专用调	老生调	一板三眼	中速	老生专用，较低沉
	小生调	一板三眼	中速	小生专用，较洒脱
	小丑调	一板三眼	稍快	小丑专用，活泼、诙谐
	衰调	一板一眼	稍慢	老生、老旦通用，较压抑
端公	端公调	一板三眼	慢板	悲痛欲绝、失望

主调类唱腔取名，一般根据唱腔的表现功能或曲调的繁花、速度的快慢而定。如六安、合肥地区的方言中有“寒心”“寒畏”等词，意指可怜或伤心、悲痛，故【二凉】【三七】中，表达这样情绪的唱腔，概在腔名前冠以“寒”字，【寒腔】中的几个唱腔更都以抒发这种情绪见长。再如，【花三七】【花二凉】皆以其曲调比【三七】【平二凉】繁花而得名；【慢寒腔】【快寒腔】【快三七】皆以其速度比【平寒腔】【三七】慢或快而得名。

主调类唱腔属不完全（或称不成熟）的板腔体制。它包含的三个系统见例 21。下面详加分析。

【二凉】系统包括例 21 中的七个声腔。例 22 中，因《二凉连词》与【二凉】的连词基本一样，只是在演唱时节奏略紧，【慢二凉】只是速度上比【平二凉】慢些，故均略。

例 22 【二凉】系统声腔比较

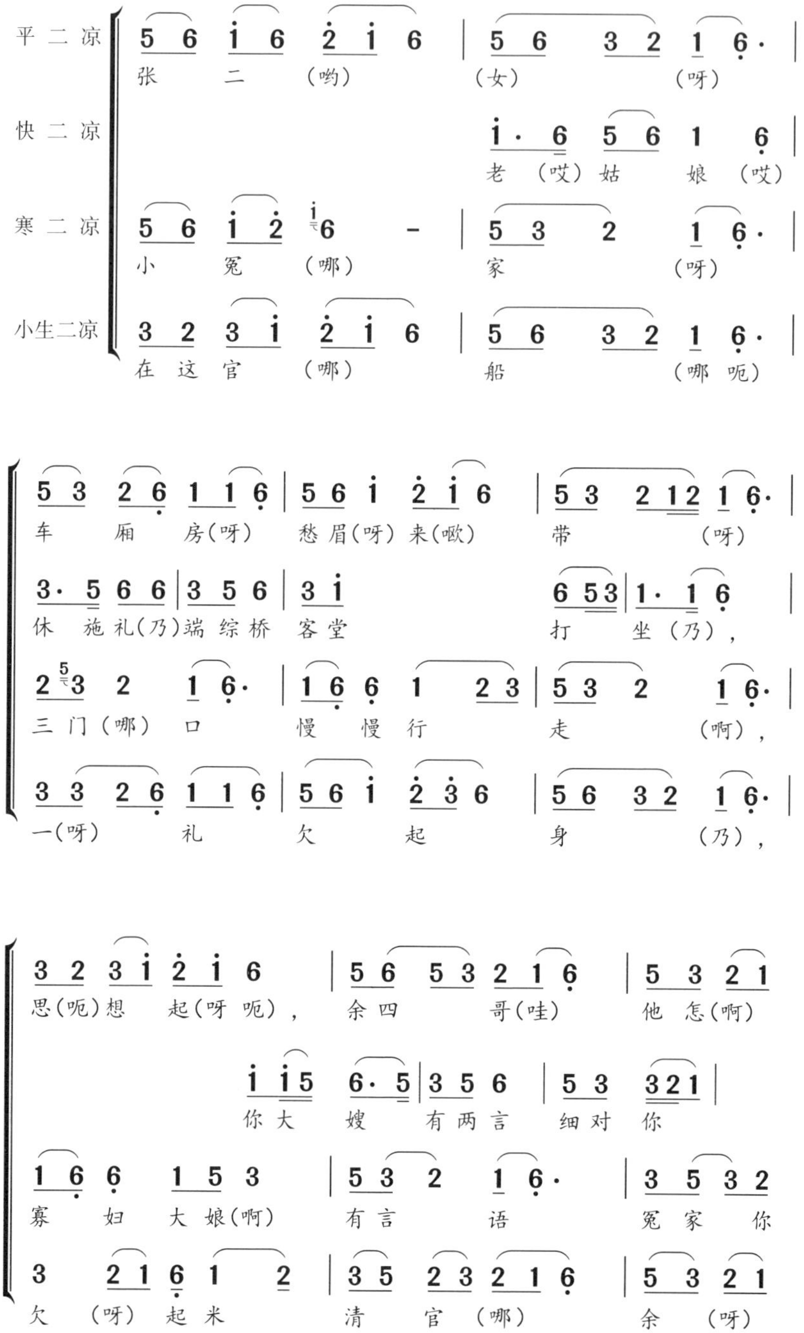

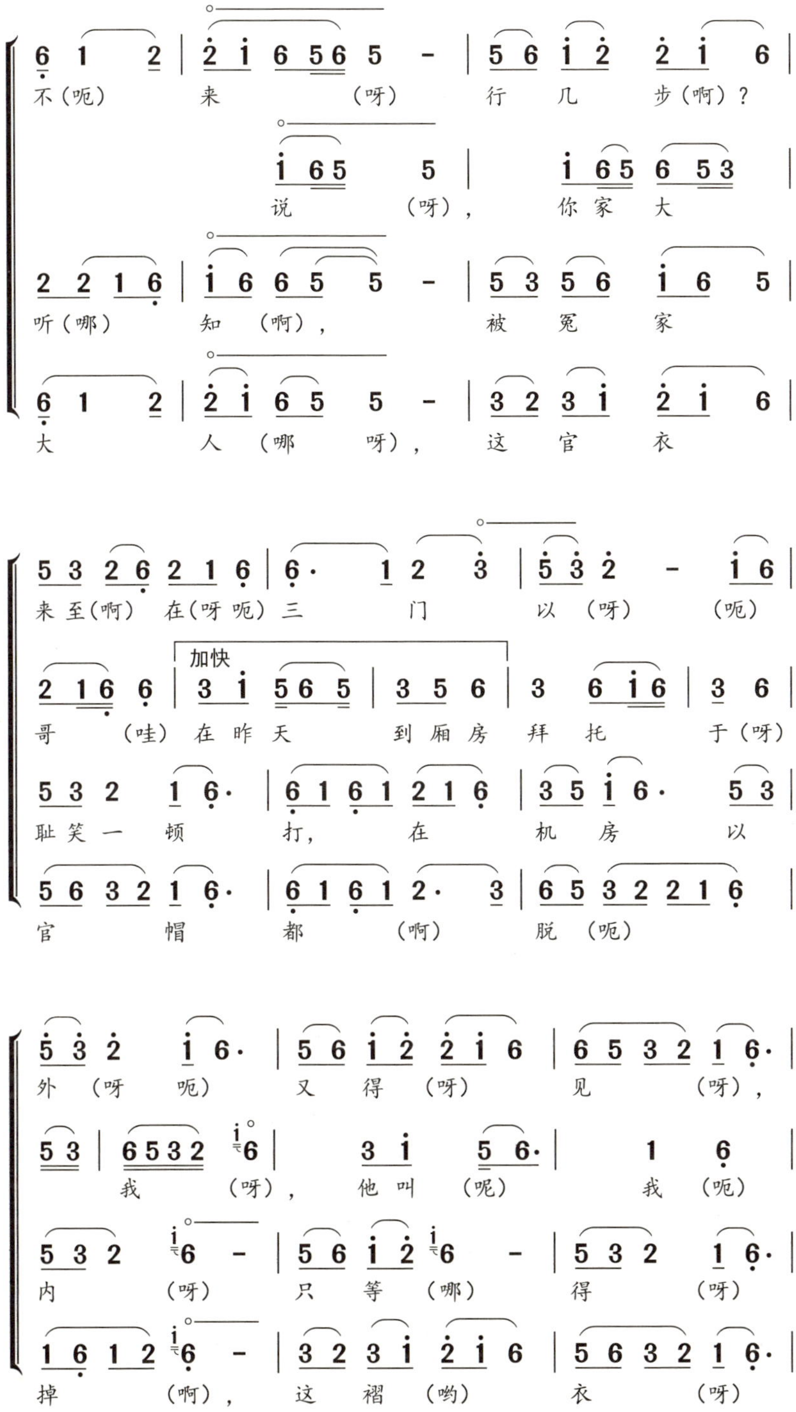
不（呃）来（呀）行几步（啊）？
说（呀），你家大
听（哪）知（啊），被冤家
大人（哪呀），这官衣
来至（啊）在（呀呃）三门以（呀）（呃）
加快
哥（哇）在昨天到厢房拜托于（呀）
耻笑一顿打，在机房以
官帽都（啊）脱（呃）
外（呀呃）又得（呀）见（呀），
我（呀），他叫（呢）我（呃）
内（呀）只等（哪）得（呀）
掉（啊），这褶（哟）衣（呀）

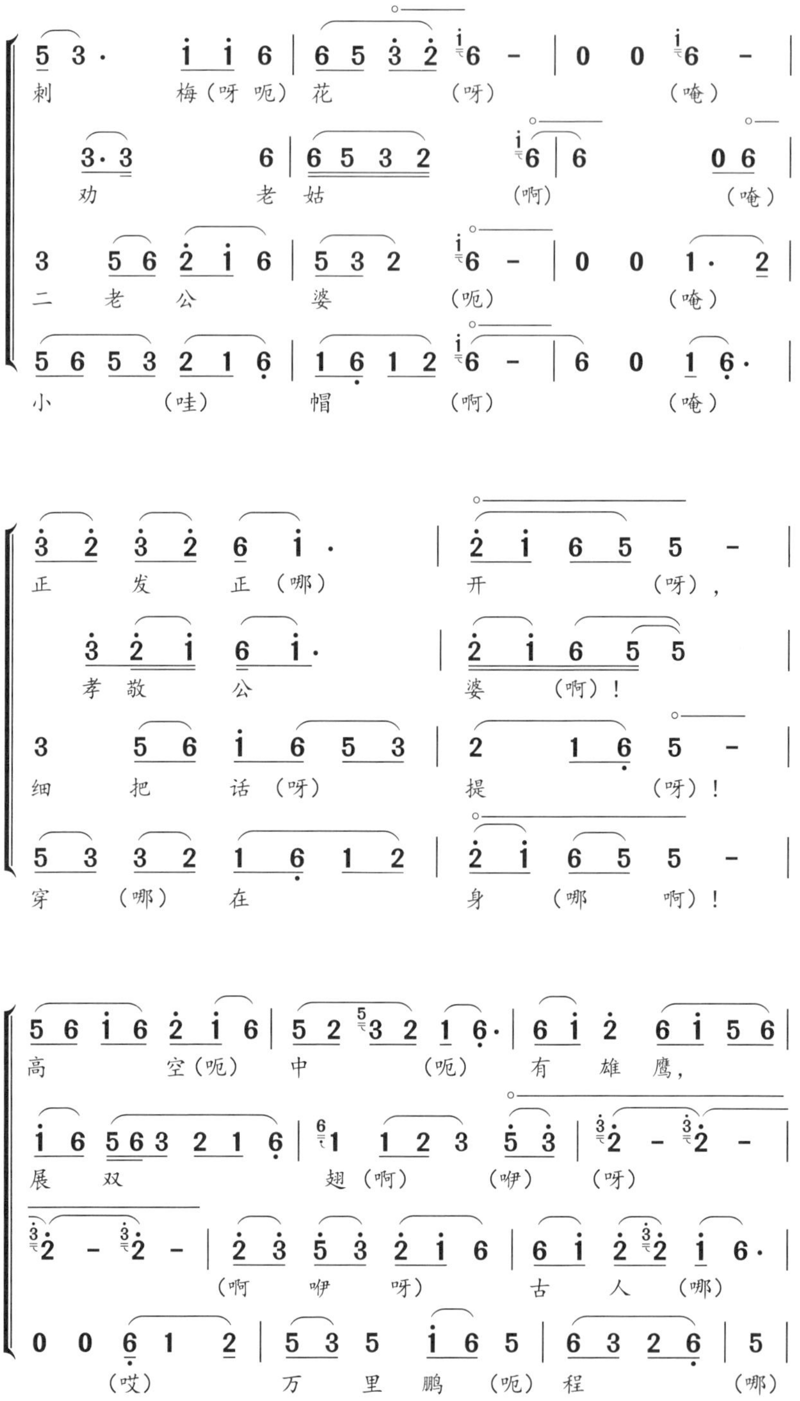
刺 梅（呀 呃）花 （呀） （唵）
劝 老 姑 （啊） （唵）
二 老 公 婆 （呃） （唵）
小 （哇） 帽 （啊） （唵）
正 发 正（哪） 开 （呀），
孝 敬 公 婆 （啊）！
细 把 话（呀） 提 （呀）！
穿 （哪） 在 身 （哪 啊）！
高 空（呃） 中 （呃） 有 雄 鹰，
展 双 翅（啊） （咿） （呀）
（啊 咿 呀） 古 人（哪）
（哎） 万 里 鹏 （呃）程 （哪）

（下接吆台，略）

例22表明：【快二凉】是把【平二凉】的旋律简化、节拍压缩而成，因此尽管它的速度仅♩＝96（【平二凉】♩＝108），但后者一小节四拍被缩成二拍仍给人以“快”的感觉。【小生二凉】是庐剧上路唱腔通用的小生专用调，它与【平二凉】的区别只是在高音区避去了花旦用的高音（$\dot{3}\,\dot{5}$），且小嗓用得较少，故两者连接既很自然，又有区别。

由此形成男女接口唱的【二凉推板】：

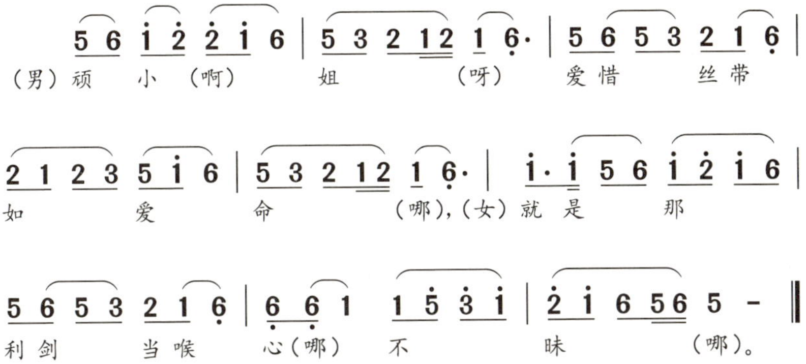

【寒二凉】速度比【平二凉】慢，旋律走低且多大幅度连续下行，加之运用如诉的循板：

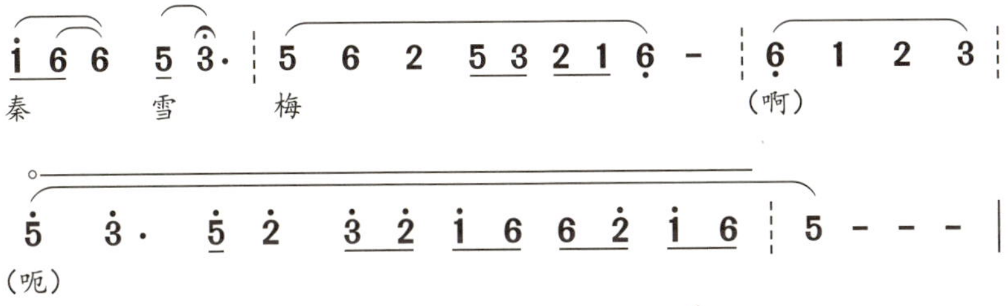

其情绪压抑、悲痛，故上路艺人过去在表达这样的情绪时常唱此腔。【花二凉】速度比【平二凉】快，除在大过台必用大段加了花的伸腔外，两者相同。

【寒腔】类包括：【平寒腔】【慢寒腔】【快寒腔】。

例 23　仅以上、下句和过台为例

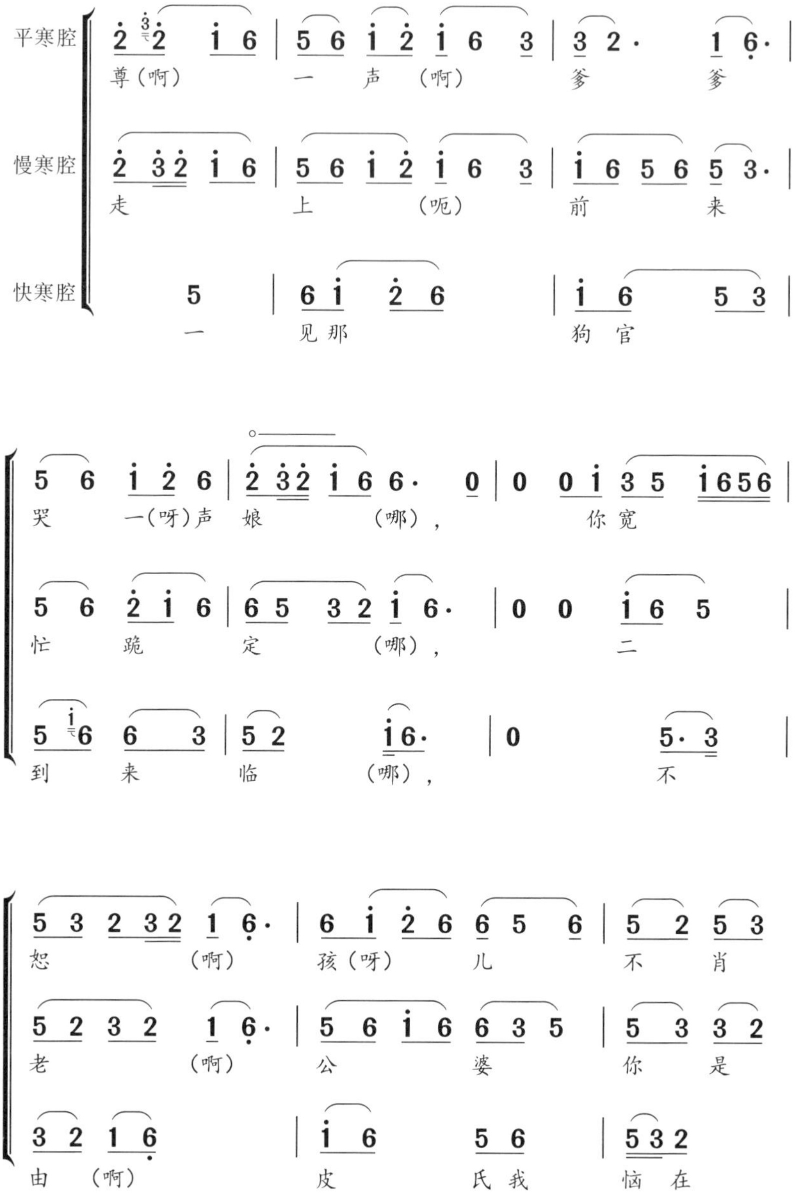

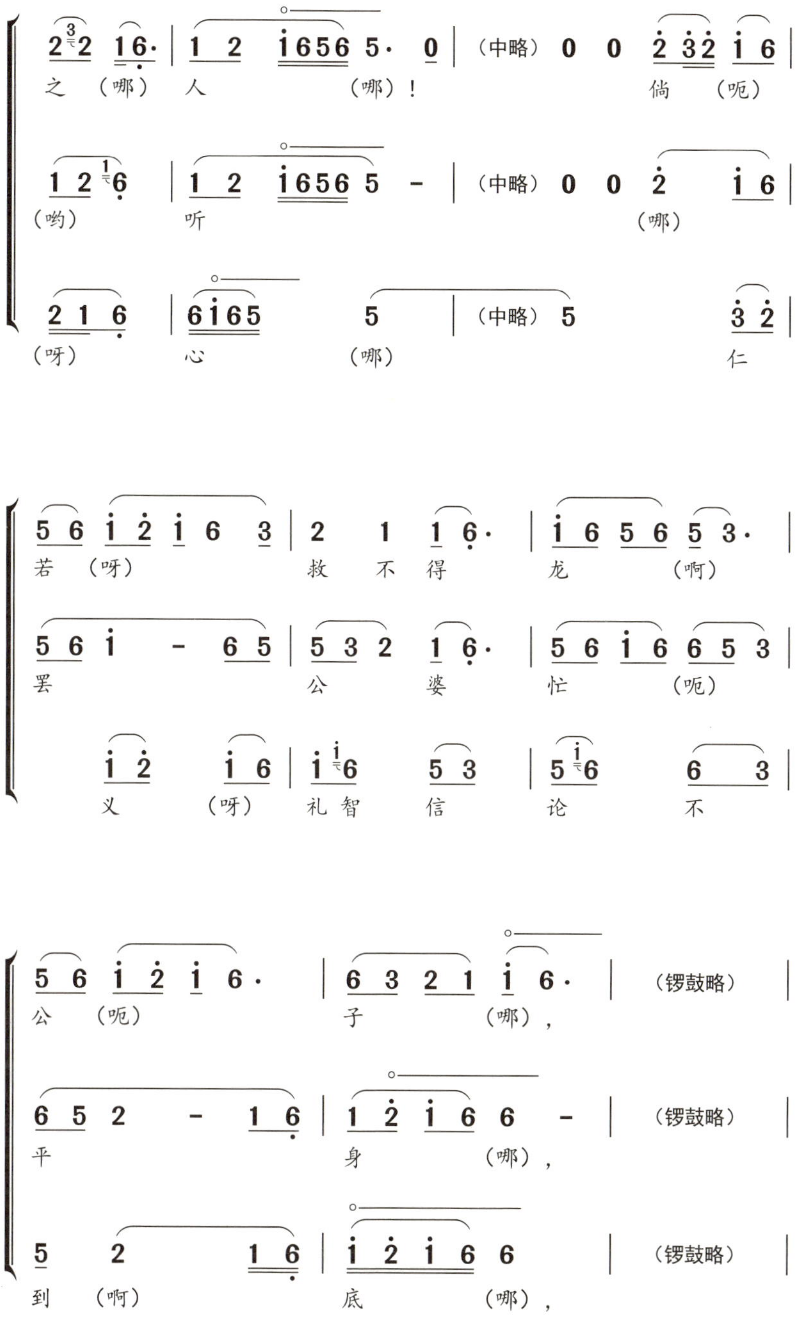
之（哪）人（哪）！（中略）倘（呃）
（哟）听（中略）（哪）
（呀）心（哪）（中略）仁
若（呀）救不得龙（啊）
罢公婆忙（呃）
义（呀）礼智信论不
公（呃）子（哪），（锣鼓略）
平身（哪），（锣鼓略）
到（啊）底（哪），（锣鼓略）

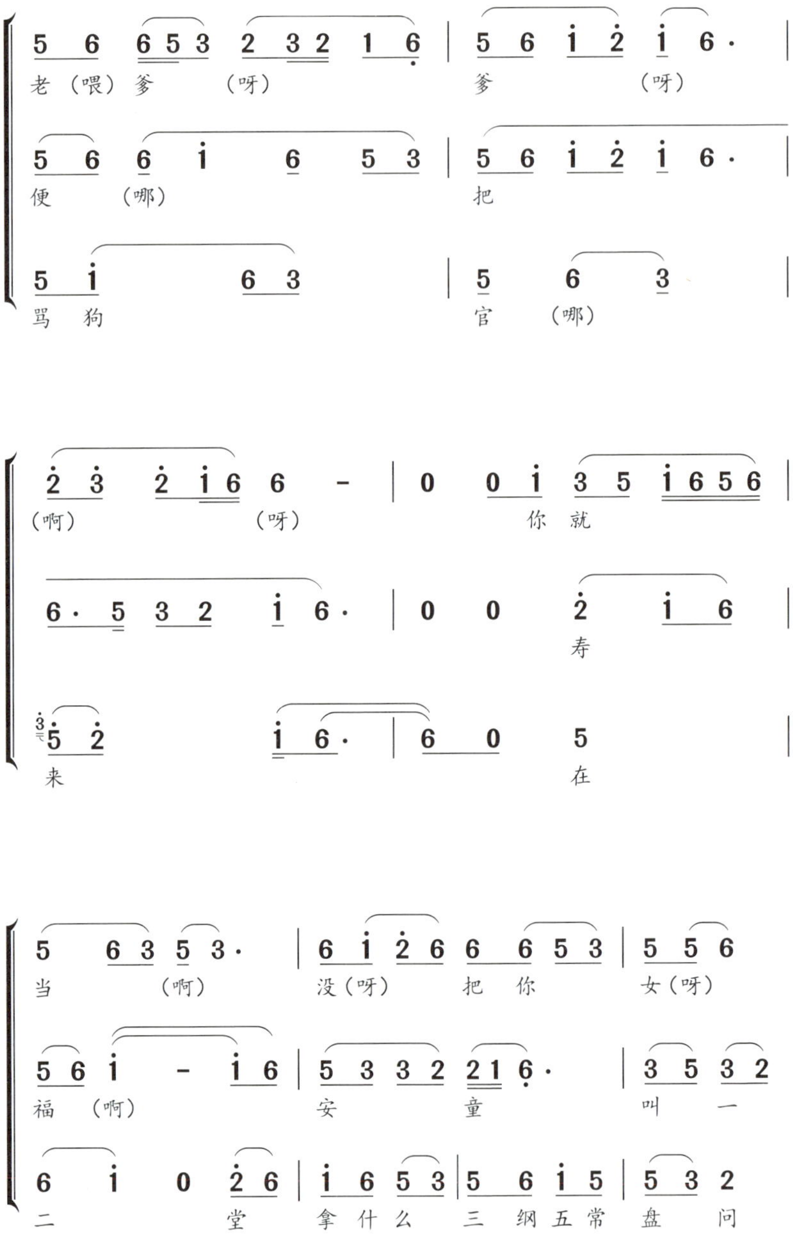
老（喂）爹 （呀） 爹 （呀）
便 （哪） 把
骂 狗 官 （哪）
（啊） （呀） 你 就
寿
来 在
当 （啊） 没（呀） 把 你 女（呀）
福 （啊） 安 童 叫 一
二 堂 拿 什 么 三 纲 五 常 盘 问

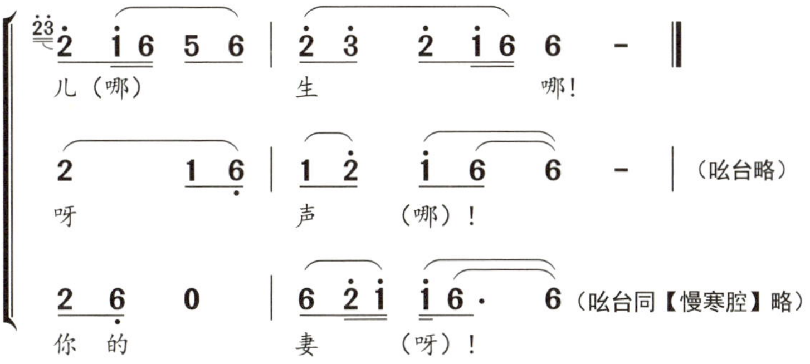

很显然，【慢寒腔】只是速度比【平寒腔】慢些，【快寒腔】则不仅速度加快，而且把【平寒腔】的曲调简化了，把节奏压缩了近一倍，故使原表现功能有了显著的改变。

有的人提出把【寒腔】和【二凉】归为同一系统，的确有一定的道理。但是从【平二凉】与【寒腔】的调式及其色彩来看，二者还是有着显著的区别。如第二章所述，前者带有明显的徵调式，色彩较为明亮；后者则是明显的羽调式，色彩灰暗。故尽管两者以“5 3 2 1 6̣ (5̣)”为其“共性乐汇”（音列），但仍不能归为一类。

例 24 是上路的【寒二凉】和《东流调》（中路【寒腔】）的比较。我们可以看出，虽然前者的羽调式色彩相当浓，但由于后者唱词排列较稀（词少腔多）、节奏较宽、腔节较长，多从眼上起，而给人如鲠在喉、不诉不快之感，有较紧迫的动力性，调式的羽调式色彩更浓，故更长于抒发人物悲痛、忧愁的心情。正因为此，在上路唱腔中，前者也渐被后者替代。

例 24

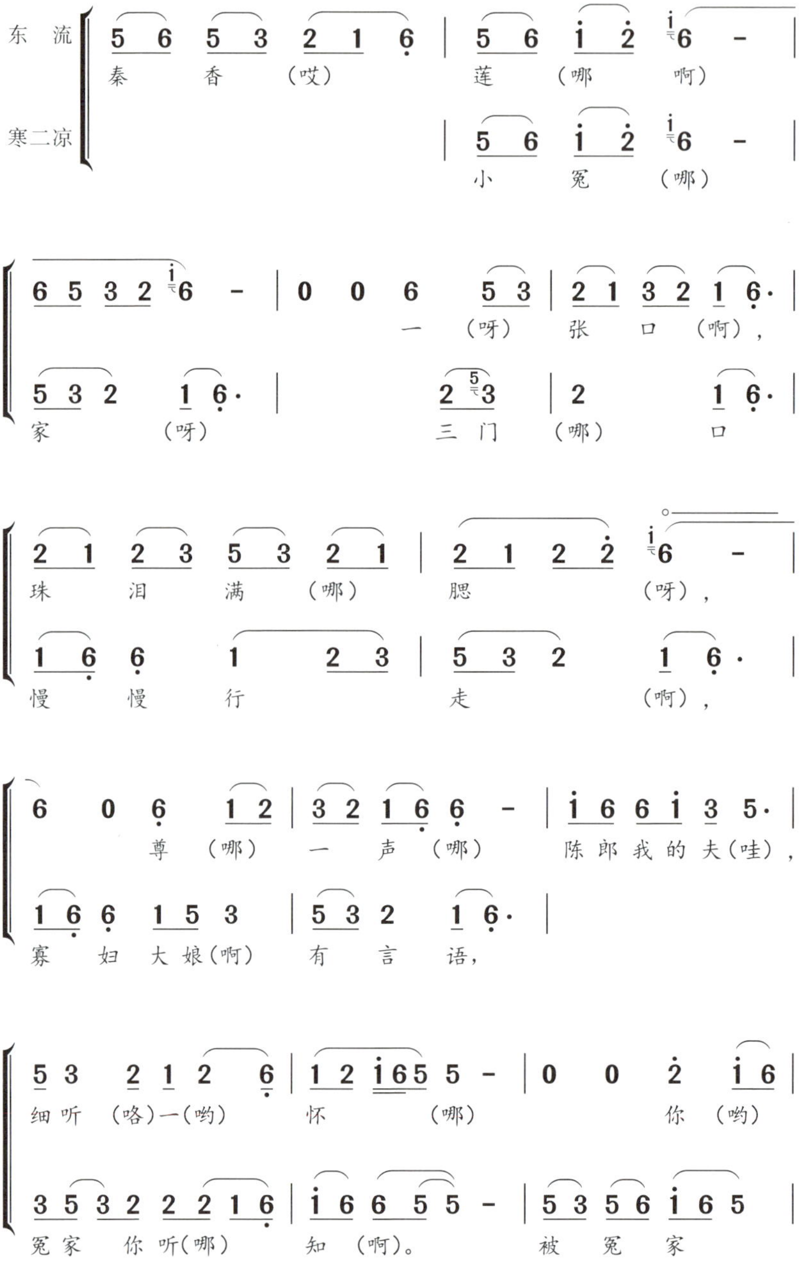
东 流
寒二凉
秦 香 （哎） 莲 （哪 啊）
小 冤 （哪）
一 （呀） 张 口 （啊），
家 （呀） 三 门 （哪） 口
珠 泪 满 （哪） 腮 （呀），
慢 慢 行 走 （啊），
尊 （哪） 一 声 （哪） 陈 郎 我 的 夫（哇），
寡 妇 大 娘（啊） 有 言 语，
细 听 （咯）一（哟） 怀 （哪） 你 （哟）
冤 家 你 听（哪） 知 （啊）。 被 冤 家

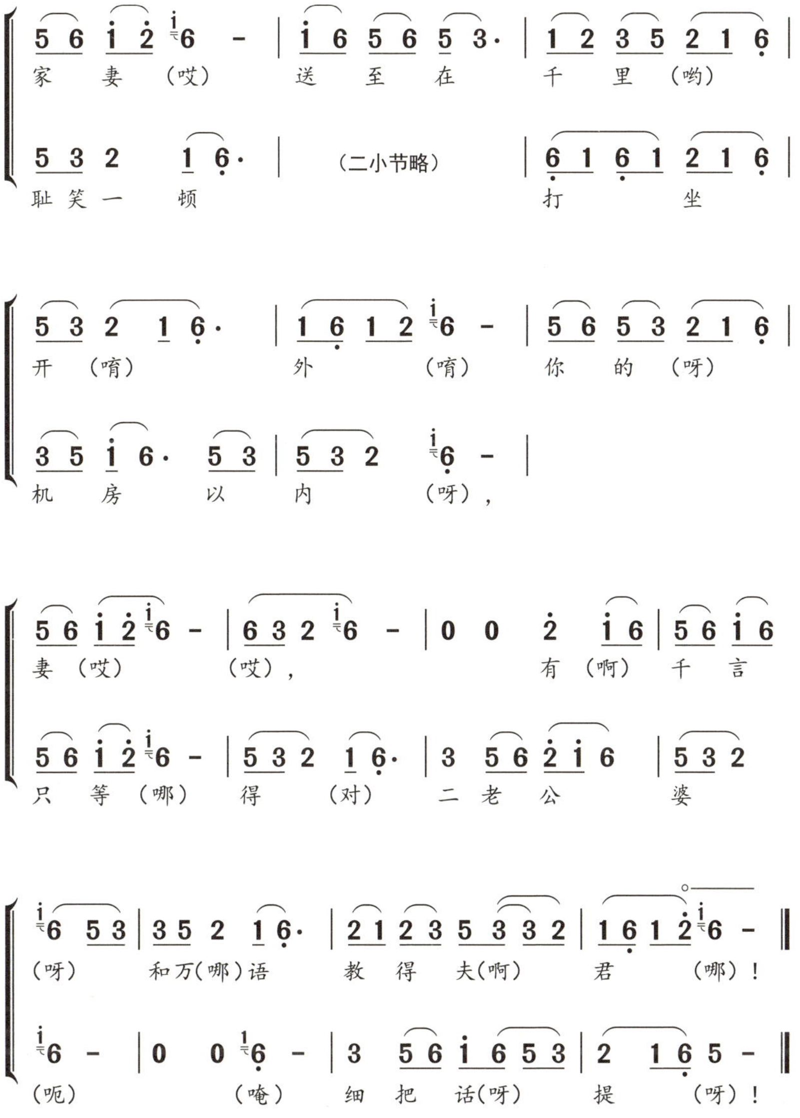

【三七】系统包括例21中的六个声腔，鉴于【奶生三七】实与“小生三七”极似，《硬三七》与《寒三七》极似，为省篇幅，下面仅以四个声腔为例，说明它们之间的关系。我们从中可以看出：【快三七】与【花三七】比较，前者除速度比后者快外，曲调也较简。【寒三七】是上路特有的唱腔，它的旋律跳进较大，节奏富于变化，小嗓用得也较多，其音调恰与【花三七】音调是纯四度（五度）关系。【小生三七】是上路小生主要唱腔，它的上句取【花三七】而走低音，下句取【寒三七】亦走低音，整个音区（$\underset{\cdot}{3}$—5）比【花三七】（$\underset{\cdot}{6}$—$\dot{1}$）低四度，这使它成为男腔中与女腔连接最自然的唱腔之一。

例 25

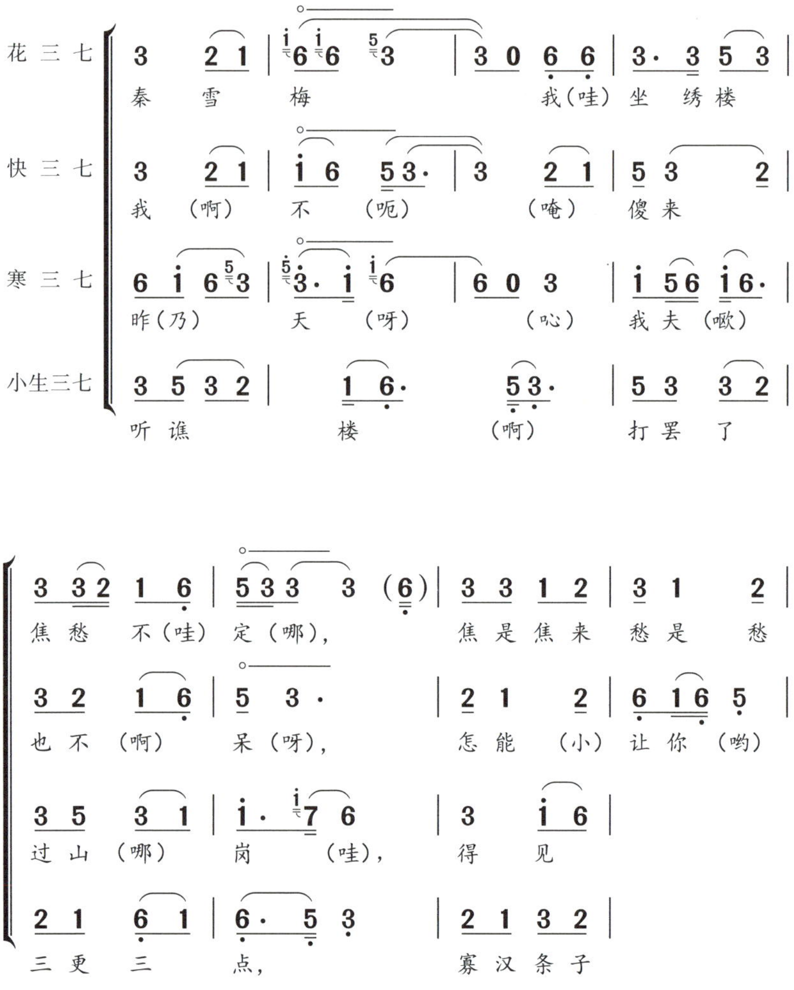

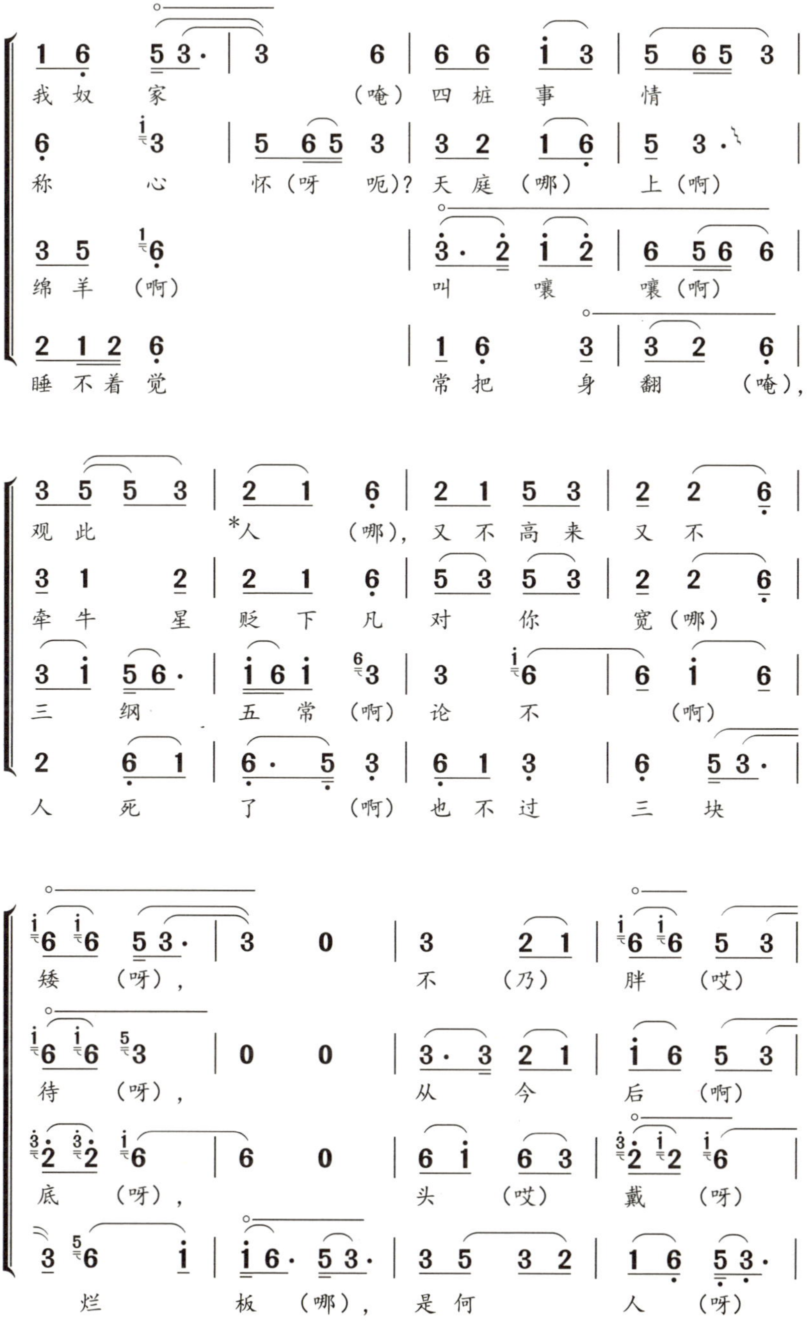

注：* 为使曲调对照更加明显，唱词选自不同唱段。

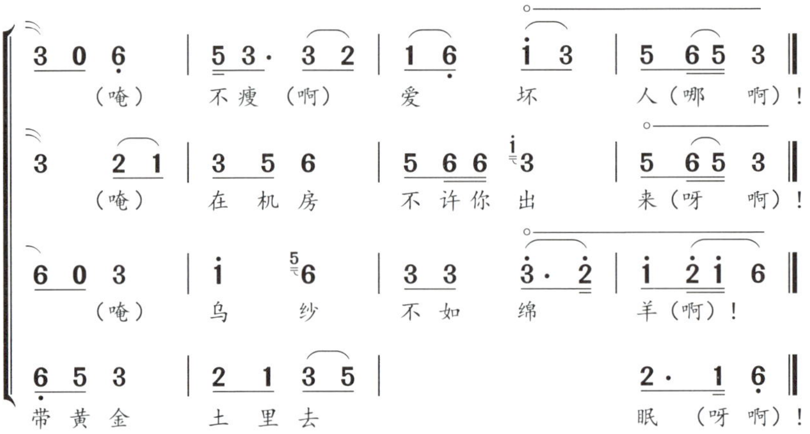

行当类和端公调实质上都不能自成系统。这不仅因为“行当类”一词不太恰当（前三个系统中，【小生二凉】【小生三七】是小生专用调，【花三七】等是花旦、青衣专用调），更主要的是它们都可按血缘关系归到前三个系统。

中、下路的【小生调】【衰调】【老生调】【小丑调】可归入【二凉】系统，端公调则可归入【寒腔】系统。

例 26 词略

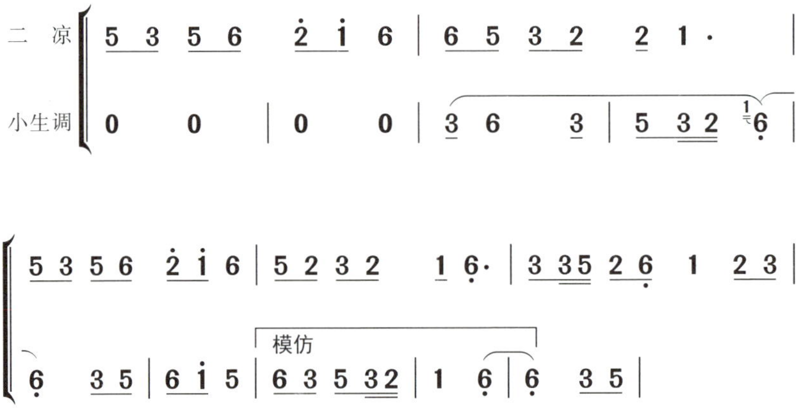

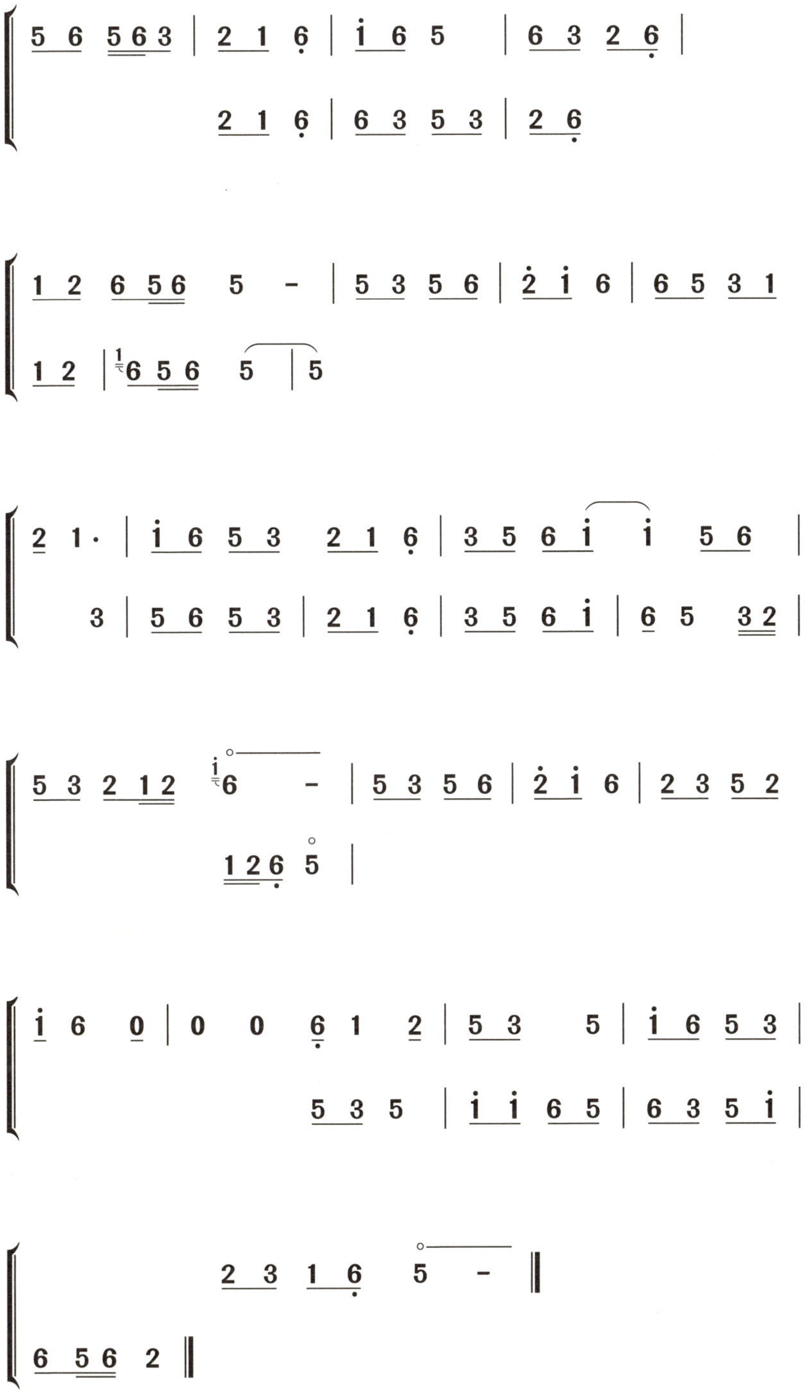

例 27　词略

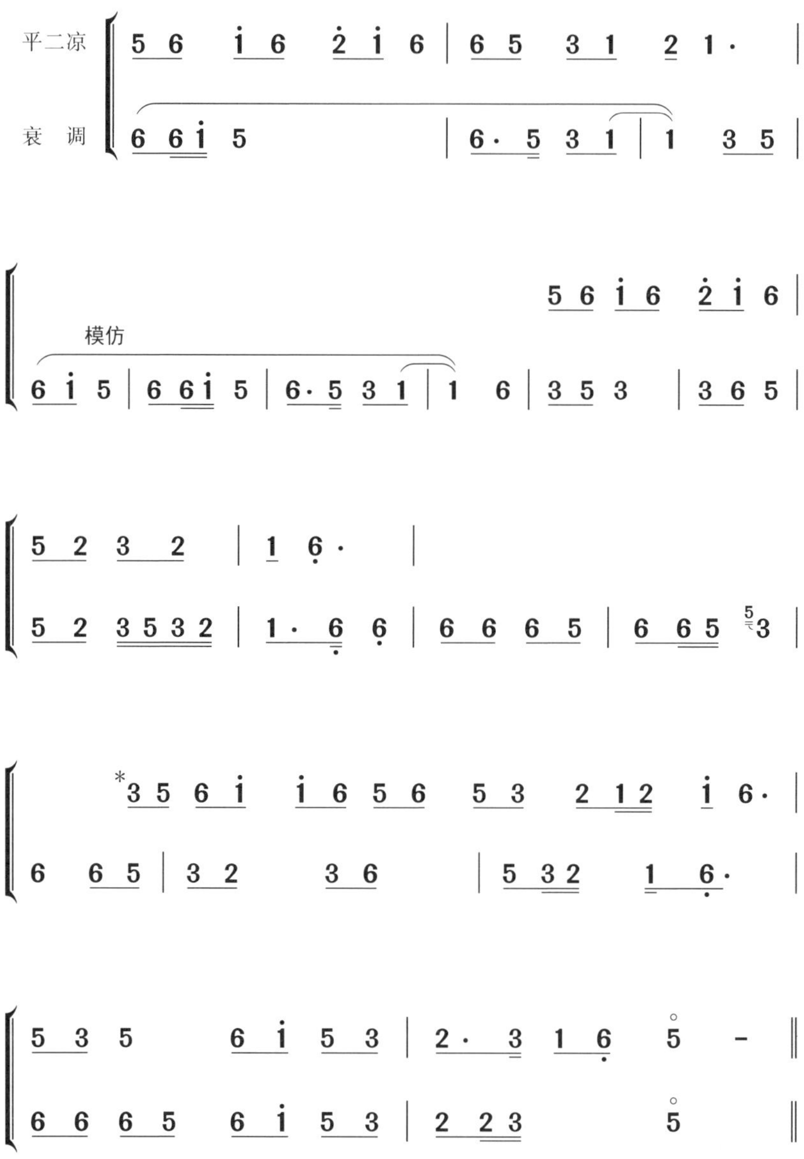

注：* 此处起第一、二小节系小过台最后两小节，第二、三小节系大过台最后两小节。

例 28　词略

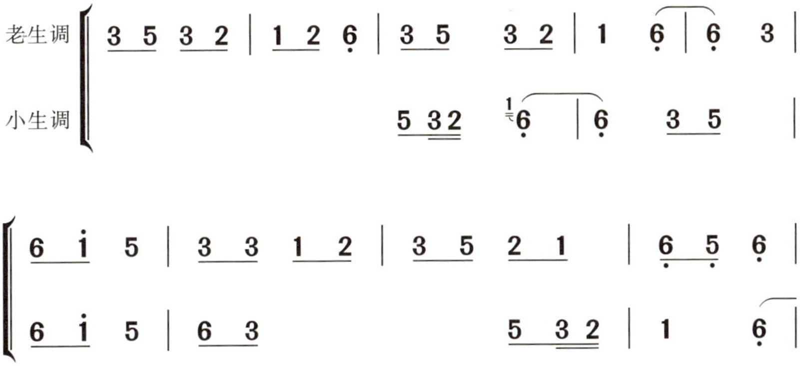

例 29　词略

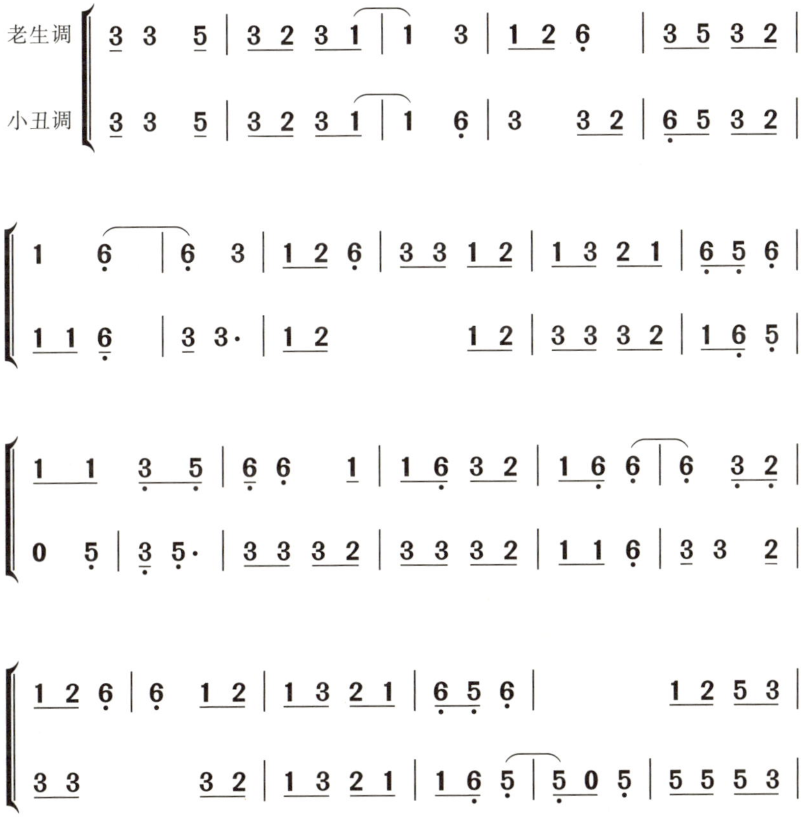

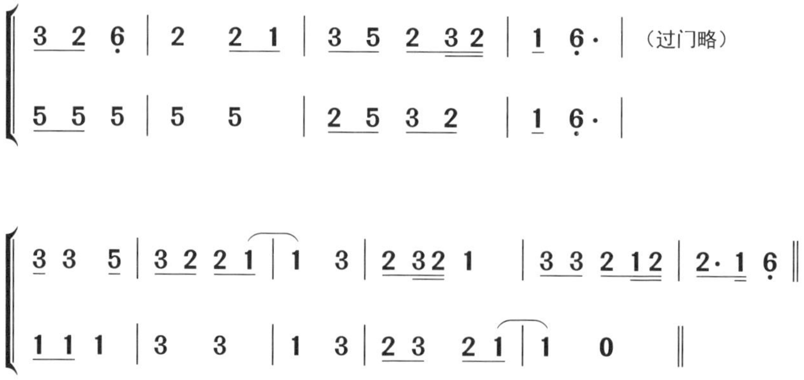

例 30 词略

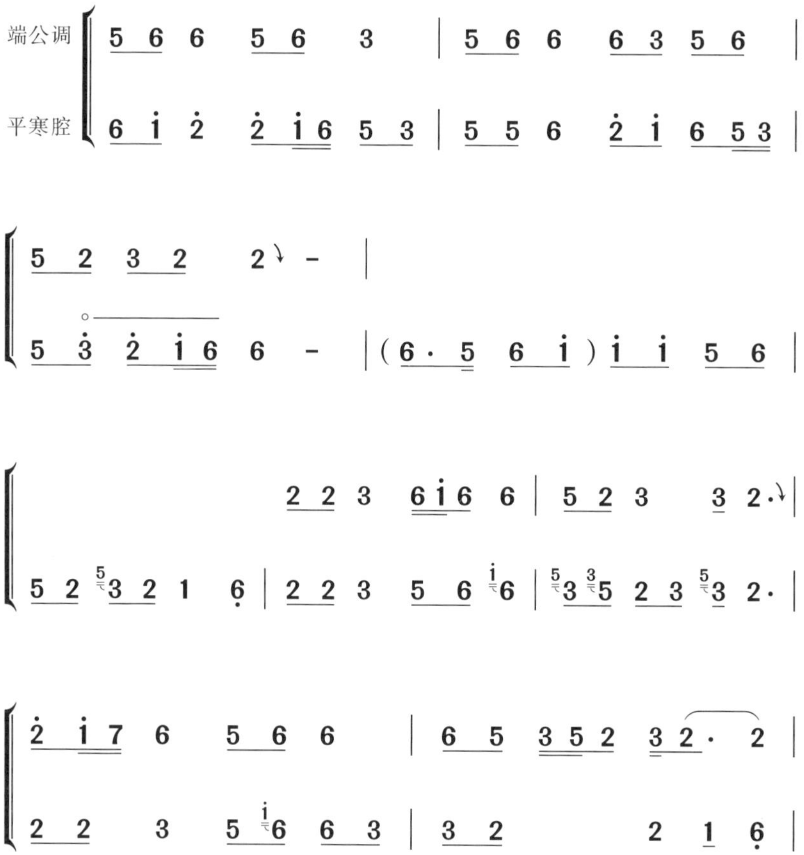

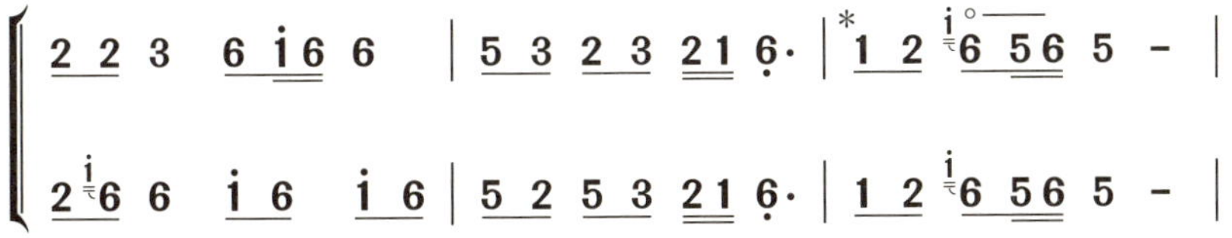

例 26、27 中，【小生调】取了【平二凉】中有小嗓的部分，【老生调】则取了【平二凉】中的中、低音区的旋律。例 28 中，【老生调】本来结构就十分简单，全曲几乎是上句的单一材料的变化，它的上、下句与【小生调】的上句关系很近。例 30 中，两个声腔是由同一材料构成的，但【小丑调】在旋法上强调了宫调式的主三和弦的宫、角、徵，多用跳进和切分节奏，故其表现功能有了根本的改变。

上路行当专用调则可归入【三七】系统。【老生调】略去了【花三七】的高音(i)、小嗓和【小生三七】的小嗓。它的上句由【花三七】的上句的头和下句的尾组成；它的下句则用“头咬尾”的手法，用【花三七】下句的尾作为它的头(咬前尾)，又用【小生三七】下句的尾作为它的尾。

例 31

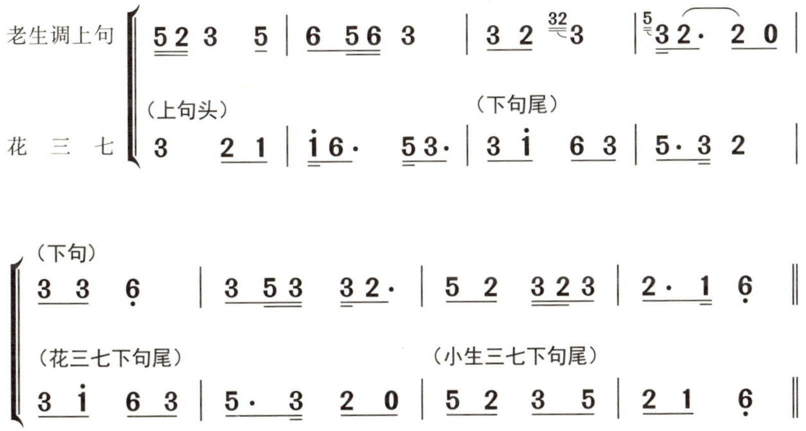

例 32 是【老旦调】(老生唱的《衰调》与它极为相似，略去)和【寒三七】的比较。前者略去了高音(5　3)、小嗓及四度以上大跳。

注：* 端公调仅有上、下句，反复唱多段词，据感情需要在此处转入【平寒腔】。

例 32

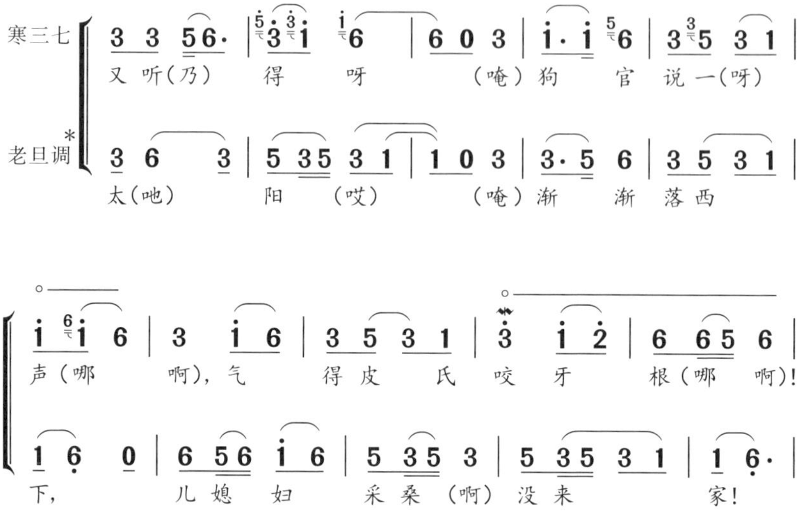

【丑调】与【寒三七】,特别是【老旦调】的血缘关系是很明显的。

例 33

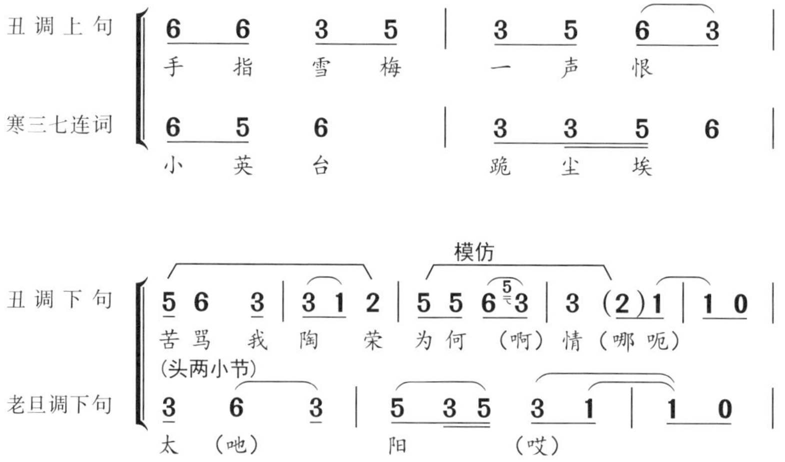

注:*【老旦调】的上、下句仅在腔节长短和旋律上有些微区别,特别是结尾两小节完全一样;其小过台多落于羽,大过台则多落于宫。

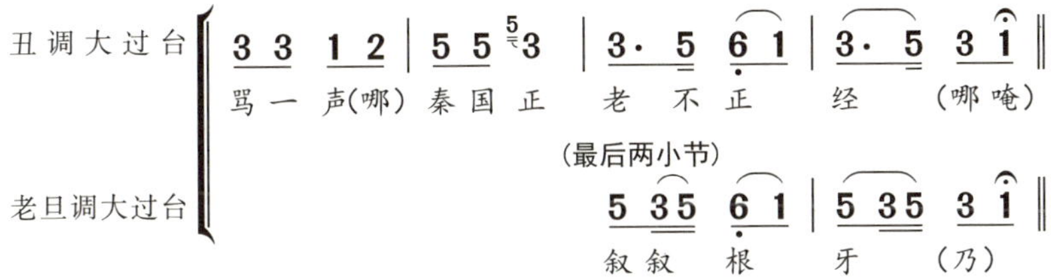

上路唱腔的【端公调】系端公戏专用调，它包括许多名称不同、功能各异的唱腔，属花腔类，而不能纳入主调系统。

综上所述，主调类实质上只有三个系统：【二凉】系统（含中、下路的【小生调】【衰调】【老生调】【小丑调】），寒腔系统（含【端公调】）、【三七】系统（含【小生三七】和西路的【老生调】【老旦调】【丑调】）。鉴于每个系统的板式都有所发展变化，功能因此而不同，但各自板式并未得到充分发展，由此形成一整套有各种板式的唱腔，而且诸如有板无眼、散板等板式尚未成为独立的唱腔，故不可称其为曲牌体制，也不可称其为板腔体制，只能称其为不完整（或不成熟）的板腔体制。

第四章　主调类唱腔的结构形式和曲式

主调类唱腔的基本结构形式是上、下句，小过台、大过台、伸腔、吆台、循板等结构形式均由它发展而来。

小过台、大过台是这类唱腔独有的终止形式。过台因庐剧初期演出时，演员每唱到最后两句，都用锣鼓为他们在舞台上走过来走过去伴奏而得名。它们分别由上、下句发展而来。

例 34　中路【平二凉】

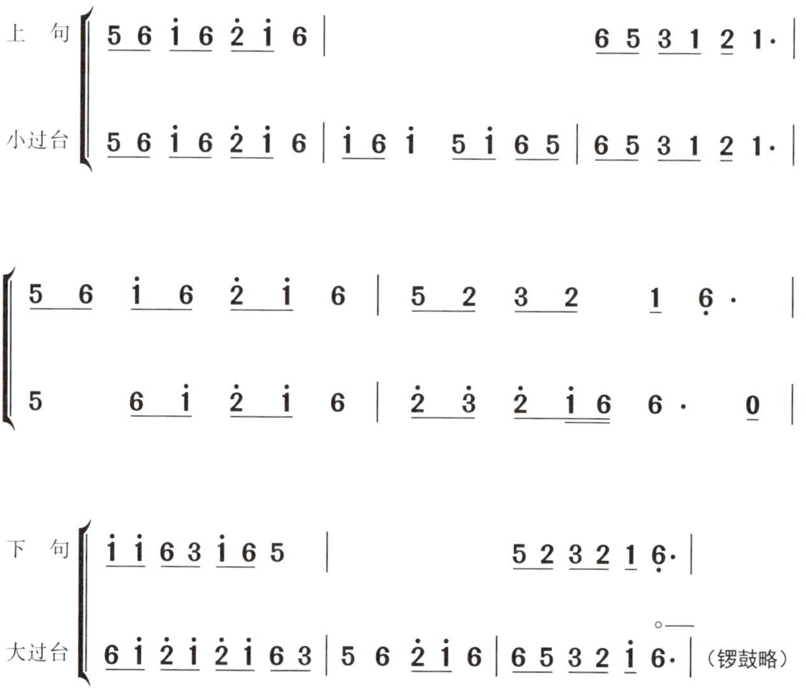

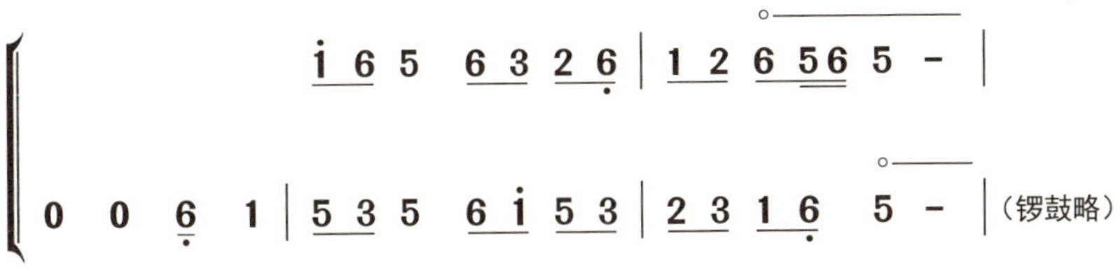

小过台具有明显的解决倾向，大过台的结尾气息较宽、速度渐慢，造成完全终止。但有时大过台被略去，代之以“掼板”（小过台后接说白）、“抹拐”（小过台后接吆台）、“明切”（小过台后先接说白一至两句再接唱上句）、“暗切”（小过台后直接唱上句），均视需要而定。

连词，意为连在一起的唱词。这是上、下句紧缩形式。连词的形成，一般有三种方法。一是把唱词排紧；二是把连词的分句落在调式的支柱音上；三是用模仿或重复的手法，使连词不断地连下去。

例 35 中路【平二凉】

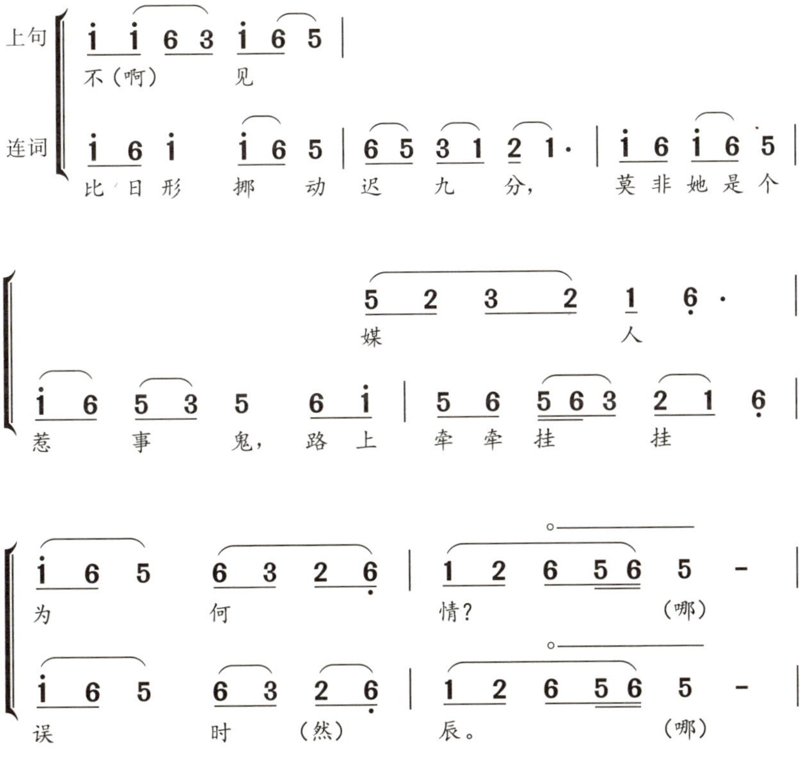

例 35 中只有四小节的下句，之所以发展成三个分句的连词，是因为在把唱腔排列紧凑的同时，把结束音落在调式的支柱音上(【二凉】是徵调式的下属音——宫，【花三七】是角、商调式的共同支柱音——羽，【寒腔】是羽调式的属音或下属音——商、角)；第二分句则作模仿进行；第三分句旋律又回到下句，以便接唱上句或小过台。例 36 则更是把一句唱词的乐句填上了两句唱词。

例 36

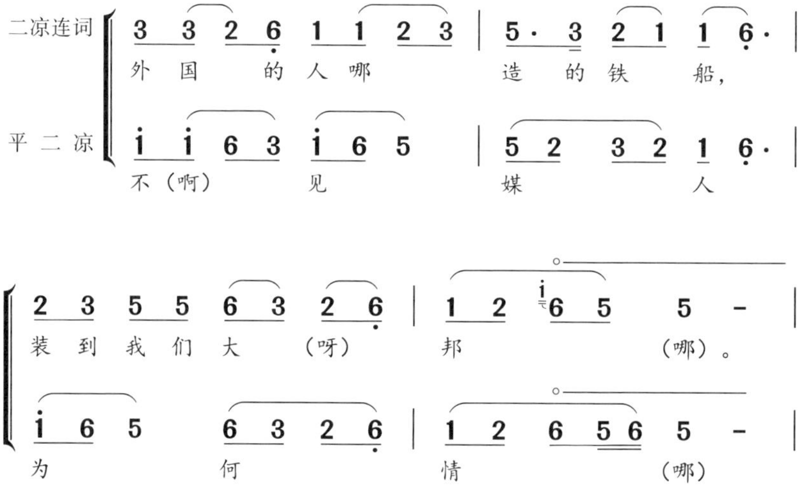

连词的最大特点是字多腔少，节奏较紧凑，如诵似白，可自由反复，故既与其他结构形式形成对比，丰富了唱腔的表现力，又易被群众所接受。它的产生，无疑与庐剧原无固定台本——剧中需要用一气呵成的唱腔结构以表达人物心情，庐剧的主要观众是农民——是分不开的。

伸腔，是伸展了的唱腔。它是上、下句的扩展形式。其曲调色彩绚丽，长于抒情。

例 37　【花三七】

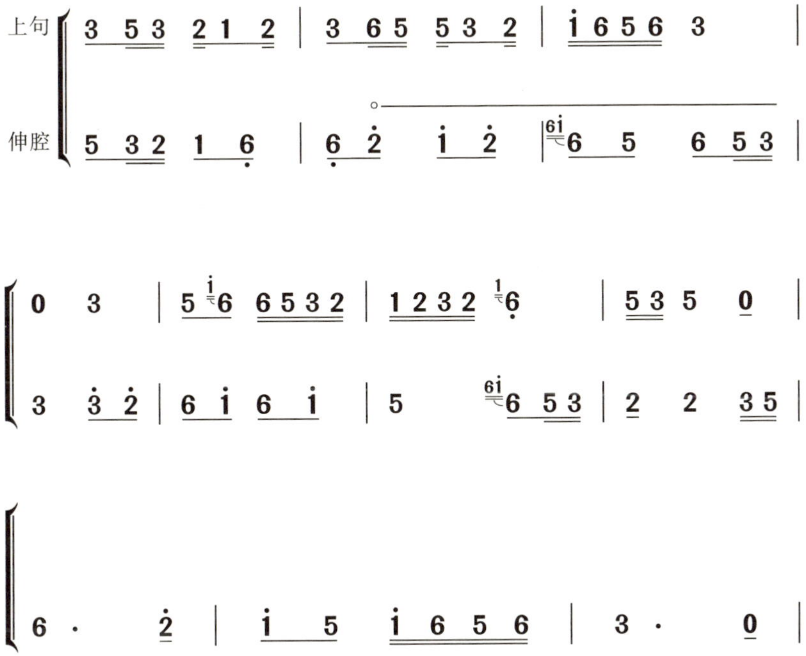

伸腔所使用的曲调材料，一种是把原材料加花、扩展：

例 38　【平二凉】与【寒二凉】

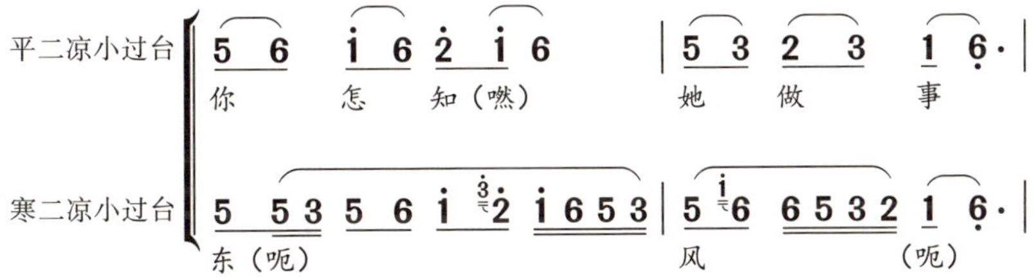

另一种是在保持与原材料首尾一致的前提下，中间加入大段新材料：

例 39 【平二凉】与【花二凉】

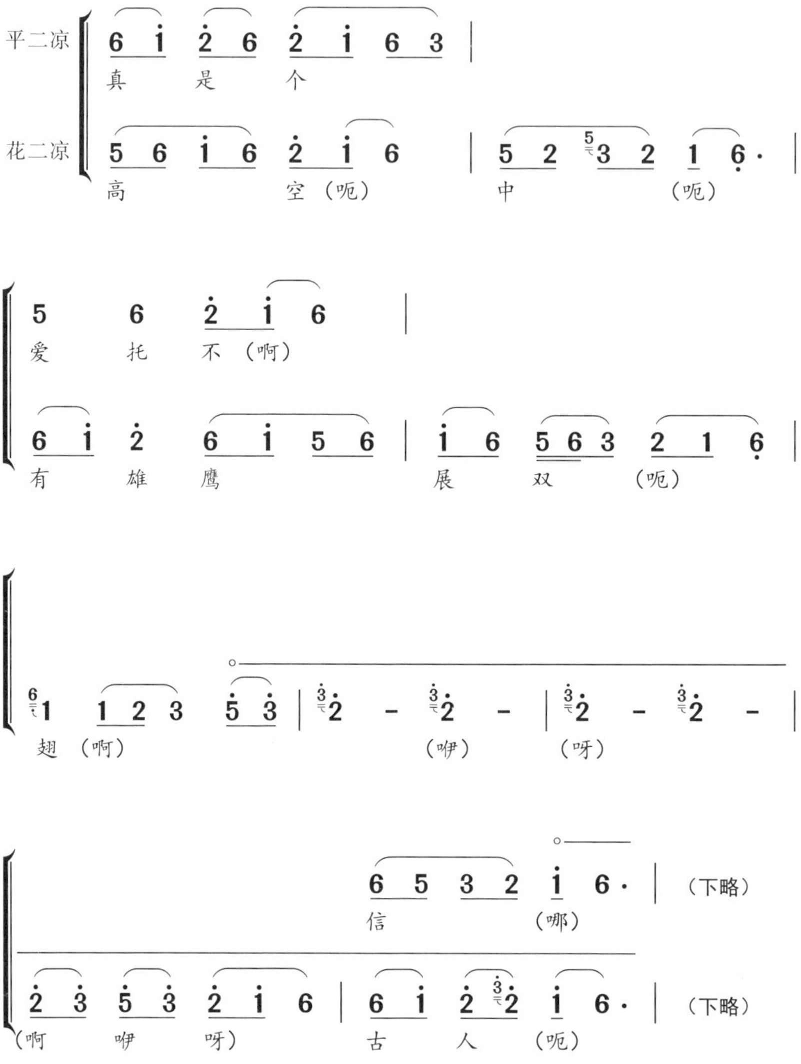

伸腔的表现功能，从广义上说，都带有感情色彩。将其细分，有以下几种：

一是抒发性的。它的心情色彩特浓，如前两例即是。

二是称谓性的。如：

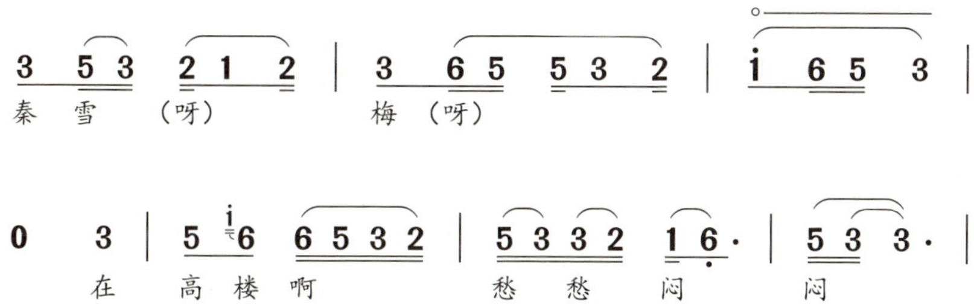

三是增补性的。如：

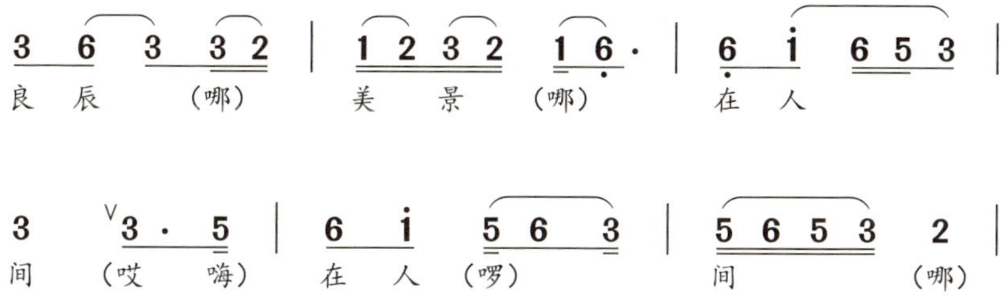

四是衬词性的。如：

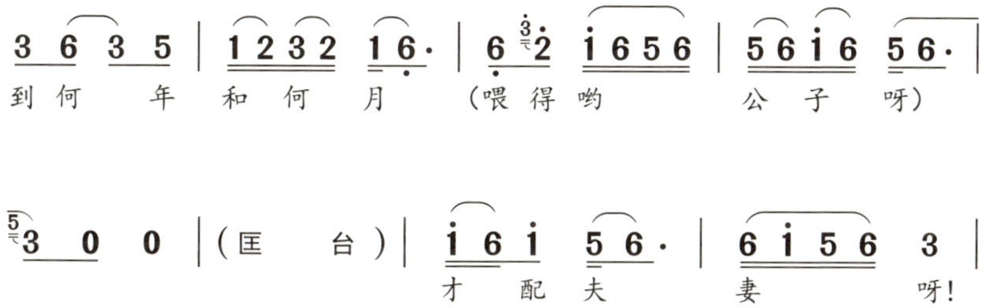

五是搭尾性的。如：

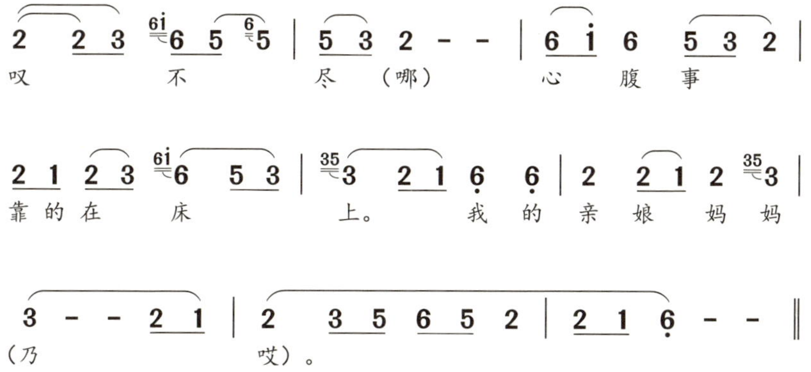

循板，是变化了的上、下句的散板形式。它的节奏自由，抒情性强，一般由演员在幕后演唱。

循板的材料，前半截一般是在原材料的基础上发展而来，后半截则或是符合旋法特点的新材料（见例40），或是把原材料加以变化。如例41“吆台”部分的循板，即是把循板前半截“21653”移高八度加以扩展，再把“21653”移低五度成“53216”组成，其间则用角调式的下属音羽作为过渡。

例40 摘自【寒腔】

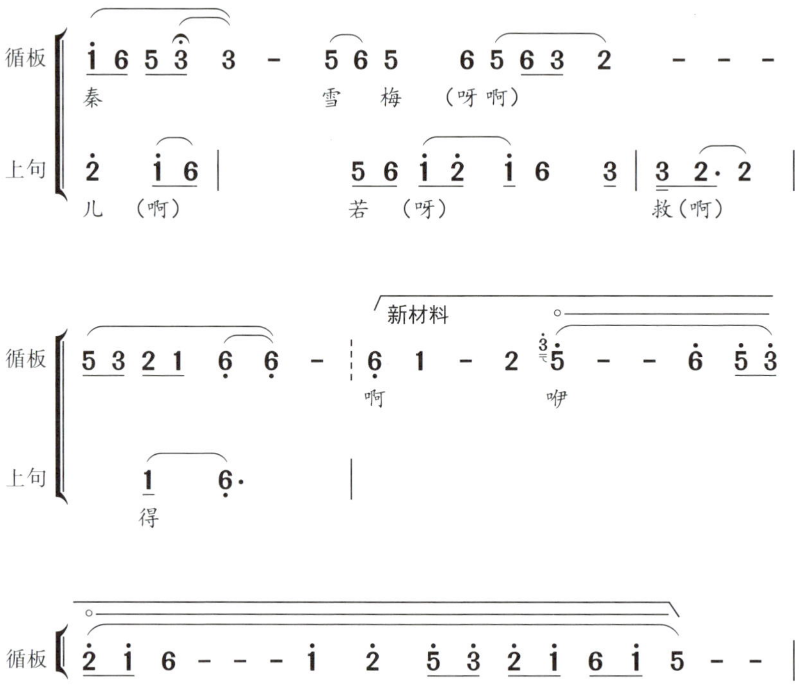

例 41 【三七】片段

吆台，是大声（喝）唱，伴随演员在舞台上表演的意思。它是几个演员（传统中是演奏锣鼓的乐队）帮腔（伴唱）的形式，多用作主调类唱腔的加尾扩展。它的节拍形式有两类：一类是散板（见例 41），另一类是有板无眼。后一类又有两种情况，一种是纯粹的 $\frac{1}{4}$ 拍，不隐伏其他节拍。如：

例 42 花二凉吆台

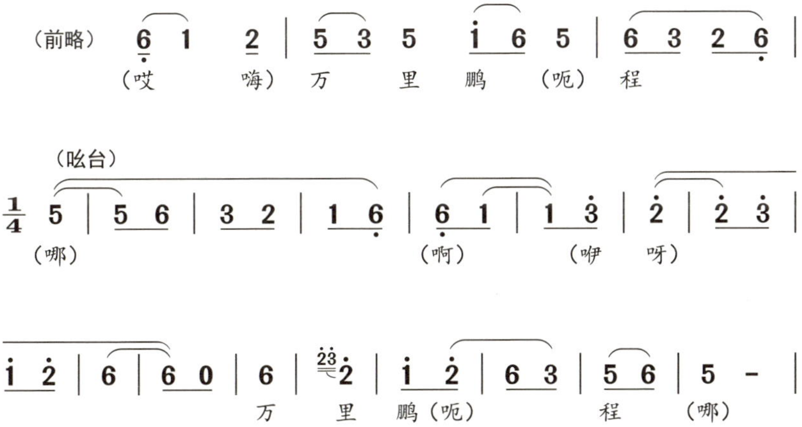

例 43　花三七呛台

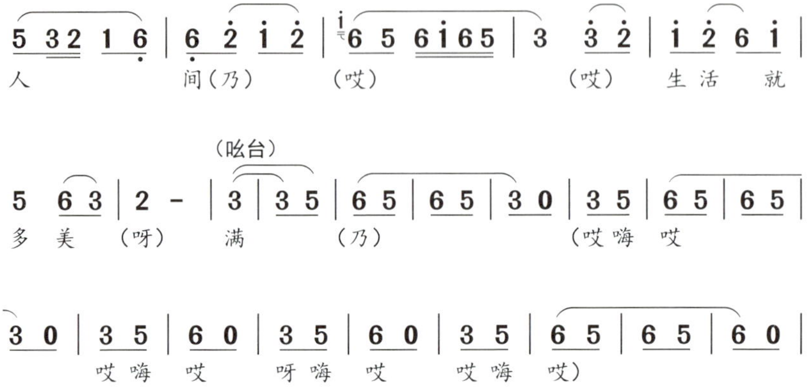

另一种则隐伏着 $\frac{3}{4}$ 拍，以下两例即是，尤以例 45 为甚。

例 44　寒腔呛台

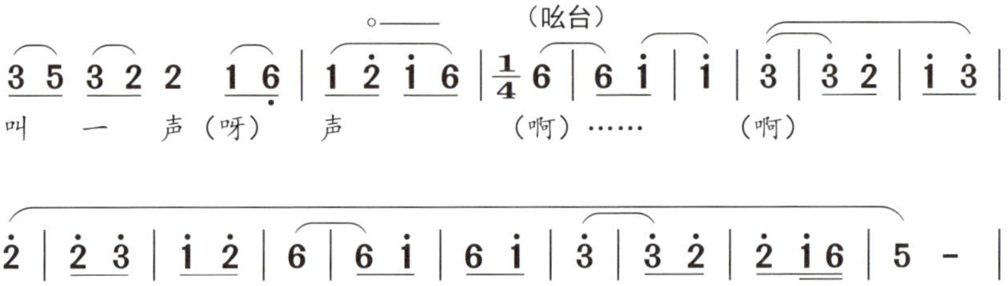

例 45　三七花腔呛台

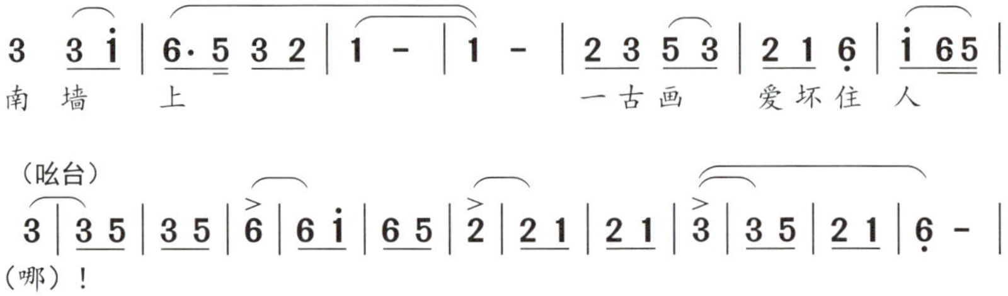

就其使用的材料来说，也有两种不同的情况。一种是由原材料构成，即截取上、下句的旋律进行发展、衍生，并由此显示出各自的个性。另一种则是由新材料构成。如例 43 的呛台就是用“**3 5 6**”及其逆向进行“6 5 3”这三个音构成的。

例 46　花二凉

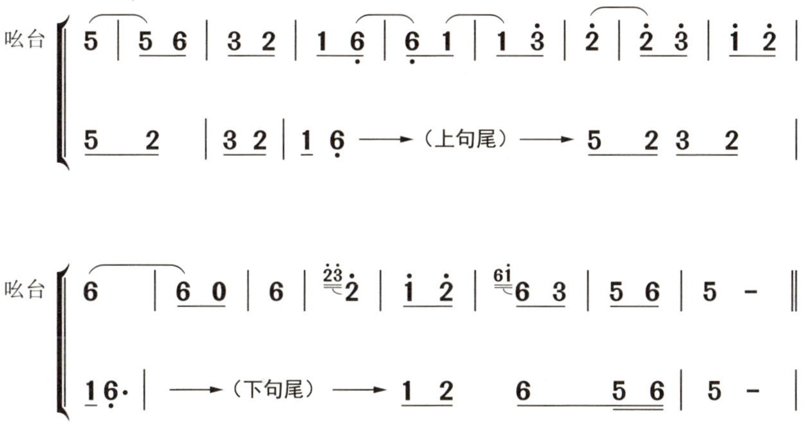

例 47　衰调

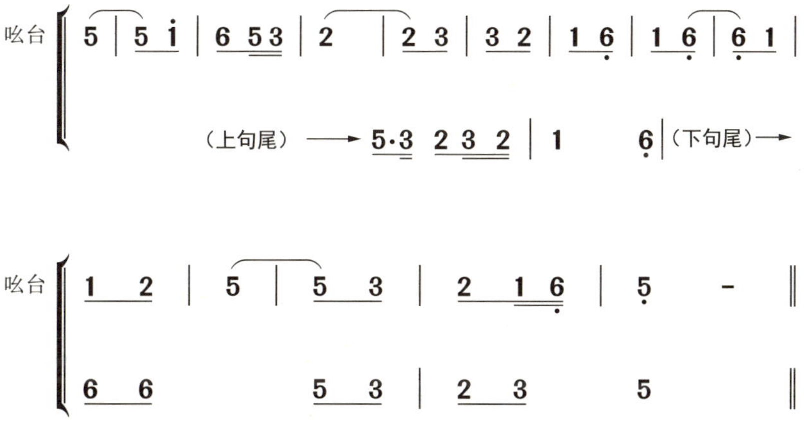

例 48 寒腔

呟台的调式，有的仍保持原来的调式（如【花二凉】【衰调】），有的则转入下方大二度（如【寒腔】是羽调式转入徵调式，如第一、二章所述，这是符合庐剧唱腔旋法和调式转换特点的），有的则转入以两个交替调式的共同支柱音为主音的调式（如【花三七】转入以角、商调式的共同支柱音羽为主音的羽调式）。上述三种都是同宫系统的调式转换，除此之外，还有异宫系统的调式转换。如《秦雪梅观画》中接在【花二凉】（E徵）后面的【三七】循板和呟台转入D宫调系统的羽调式（b羽）。

例 49

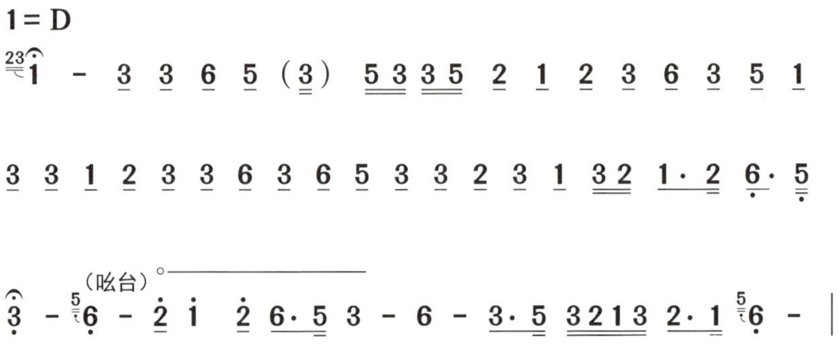

然后，又通过呟台（例48）予以肯定。再转入D宫，又通过呟台予以肯定。

例 50

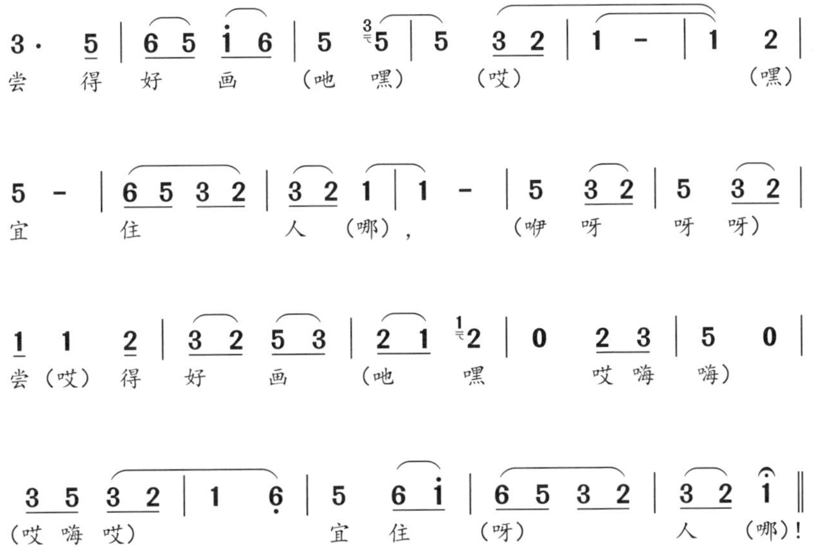

吆台在声腔中的作用，主要是在力度、节拍、节奏上与其他结构形式形成对比，而这种对比的强弱，与材料的新旧、节拍是否隐伏着 $\frac{3}{4}$ 拍、节奏是否紧凑、调式之间的关系是分不开的。这种对比，有渲染、烘托舞台气氛之功能。这种对比使庐剧唱腔的帮腔（吆台）有自己显著的特点：它的板式、调式、速度、节奏，乃至曲调材料，并不受前面声腔的限制，有时甚至有很大的变化（如 $\frac{4}{4}$ 转 $\frac{1}{4}$ 等）。

以上六种结构形式，有的唱段全用，有的则省略一种或几种（通常不省略过台），均根据剧中人物感情的需要和唱词多少而定。如，抒情性的多用伸腔，叙事性或诉说性的则多用连词，四句唱词用上、下句和过台，两句唱词只用过台，等等。

不同结构形式的组合、不同唱腔的组合，形成了不同的曲式。上、下句接小过台、大过台，或仅小、大过台，构成对仗曲式。上、下句（包括循板、伸腔）接连词再接过台，构成起平落曲式（吆台是一种“搭尾”）。连词接上、下句，再接过台，构成层递（递减——气息渐松）曲式。

【寒腔】转【快寒腔】、【寒腔】转【端公】、【花二凉】转【花三七】等，则构成联曲曲式。联曲的曲与曲的转接，在传统中自有原则可循：同一系统（如，同属【二凉】系统的【花二凉】与【平二凉】【寒二凉】等）各唱腔转接最为自然，转入其他系统（特别是【二凉】【寒腔】转【三七】）一般要有过渡，而且无论哪些唱腔转接，都必须从内容需要出发。例如【花二凉】转【三七花腔】，就是用新调和循板作过渡的（见例 49）。《秦雪梅观画》这套联曲的转接，极为妥帖地表达了秦雪梅观画时的心情。联曲一开始，♩＝112 的【花二凉】中间插入了大段伸腔和吆台，表达了秦雪梅看到画轴上的“苍松翠柏”“雄鹰”时，联想到商公子“鹏程万里”内心的喜悦。它的最后两小节 5 3 5 6 2̇ i̇ 6 | 6· 5 3 2 1 6̣· | 6̣ –（上 画 着 （呀））速度渐慢，欲言又止，喜悦变成了伤感，紧接着转入新调（下属调）——三七循板，它的第一个音是原调的清角（新调的宫），这个音的出现，把秦雪梅看到“牛郎织女每年七七才相逢”联想到自己久未能与商（林）公子联姻时那种压抑、忧愁、不平的情绪一下子表露了出来。后面的吆台则更深化、烘托了这样的情绪。无疑，这种联曲转调绝不仅仅是因为“两种唱腔不同的音高和音域”。循板后的【三七花腔】，运用大量的吆台、伸腔、跳跃的节奏（例 45、54）和连续二十小节的连词模进，把唱腔推向了高潮。最后的吆台，转入同宫系统的宫调式，使色彩更加鲜明，淋漓尽致地刻画了秦雪梅单纯、活泼的性格，以及欲效法崔莺莺私会张君瑞的内心世界。

第五章　花腔类体制和分类

花腔类的声腔异常丰富，属曲牌体制。虽然有些曲牌还保留着民歌或花鼓的原来面貌，有些曲牌已衍生了其他曲牌，或在结构和曲式上已形成类似主调系统的上、下句和连词、过台，但在板式上并无发展。就其在传统戏中的运用来说，虽仅限于“找戏”（【二小戏】【三小戏】）是专戏专曲专用，但有的用于不同戏的不同牌名的曲牌，音调却是基本一样的（例 51、52），有的仅是末句略有不同（例 53《女卖线》最后两小节强调商、宫，并把《劝赌》音列组合“3̇ 2̇ i̇ 6”延伸一音，成为“3̇ 2̇ i̇ 6 5”，把前羽调式转入徵调式）。因此，所谓“专戏专用”实质上并不存在。

例 51

例 52

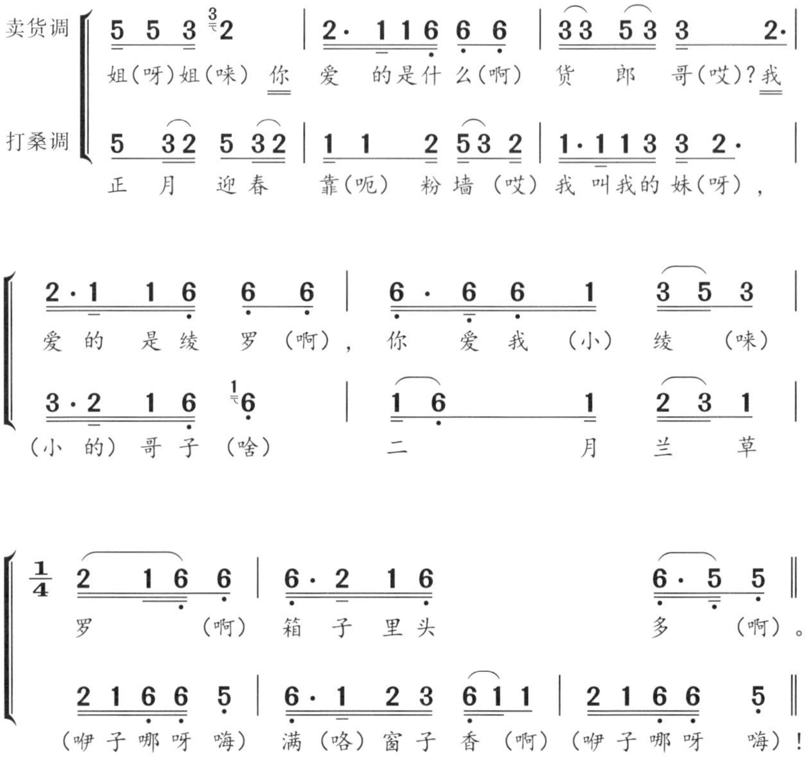

例 53

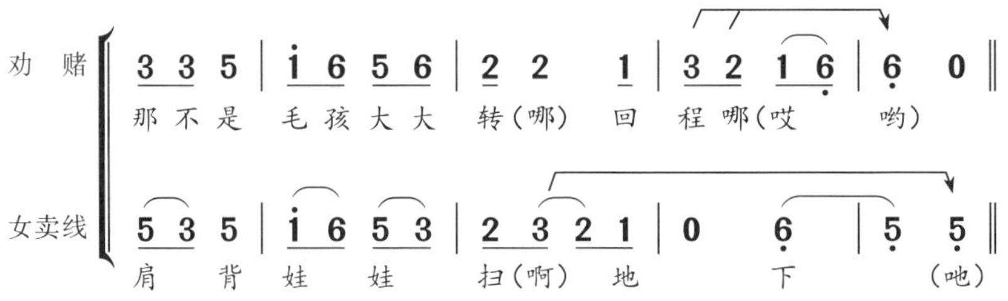

花腔类可分成两个部分。一部分是端公戏的专用调和花鼓及其衍生出来的唱腔。它以音列组合“$\dot{1}$ 6 5 3”、它的下方二度“6 5 3 2”和它的转位音列“($\dot{1}$)6 5 3 1”,以及与它形成纯四度(五度)关联的“$\dot{5}$ $\dot{3}$ $\dot{1}$ 6”为特征。

例 54

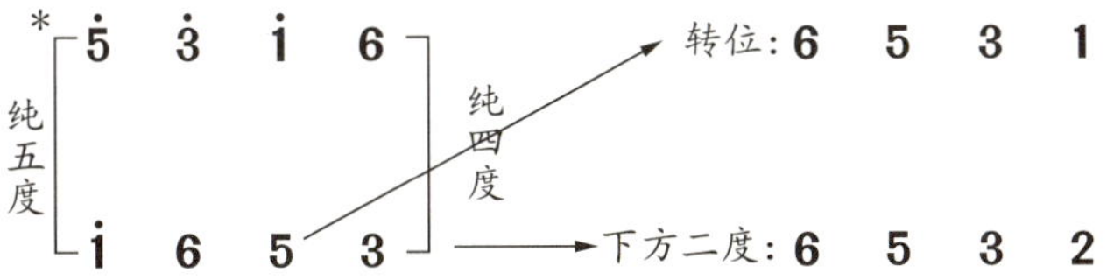

另一部分曲牌则以音列“3216̣”及其下方大二度“216̣5̣”为特征。它与【二凉】【寒腔】相对应。

这两部分内的曲牌，由于曲调材料和调式的差异，以及发展手法的不同、结构曲式的不一，形成了各自的个性。

以“1̇653”为特征的属端公戏专用调的《放鹦哥调》《薛凤英调》《打长工调》都与《端公调》同属一类。

例 55 仅以上、下句为例

注：*“5̇3̇”的下方纯五度是“1̇6”，“1̇6”的下方纯五度应是“42”，以角代清角则成“32”（音列为“1̇632”），这不符合庐剧旋法特点，故为“53”，这也验证了第八章中的论点。这部分与【三七】相对应。

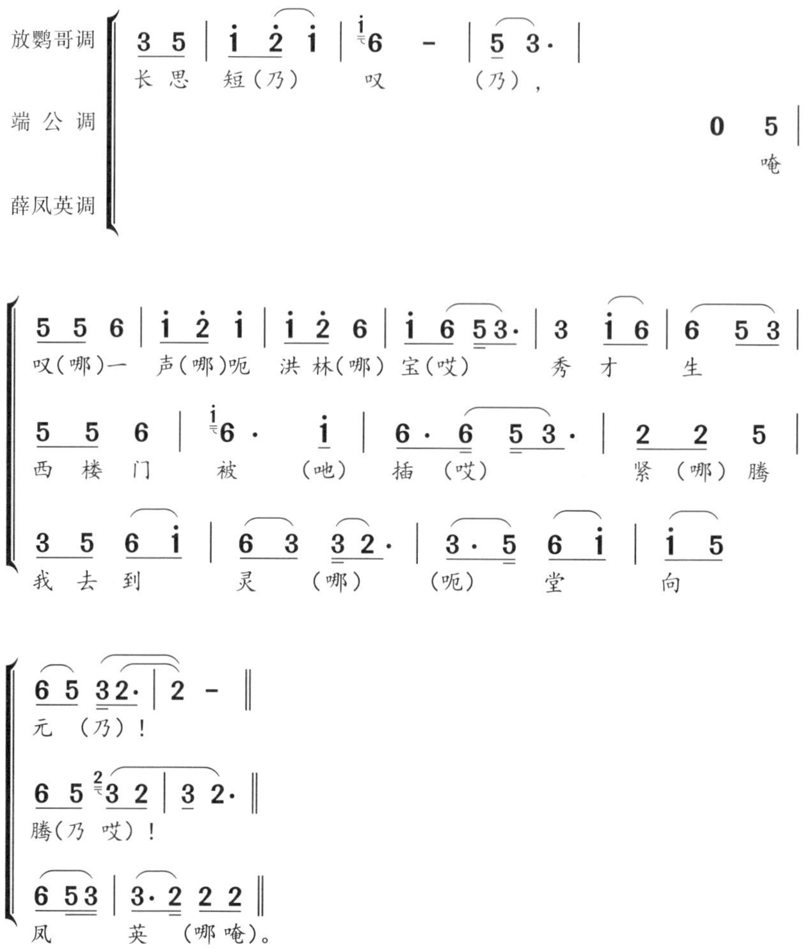

例55清楚地说明《打长工调》是《端公调》上句的二次变化重复，而在上、下句缩短音列“i̇ 6 5 3”成“i̇ 6 5”，以使曲调显得较为干脆，更适合长工的性格。《放鹦哥调》和《端公调》的上句都是角调式，但并不稳定，下句则是商调式。《放鹦哥调》的腔节较长(上句的后四小节是前面的变化重复)，这不只是因为它是十字句式，更因为它偏重于抒情。《薛凤英调》则始终是商调式，它偏于叙述，又带有伤感之情。

属于这类曲牌的还有【卖小艾】【大补缸】【大脚片子】【神调】【担水】【拦马调】【扒沙】【醉酒】【鬼对子】【丁香调】等，它们都以“i̇ 6 5 3”为特征。

例 56

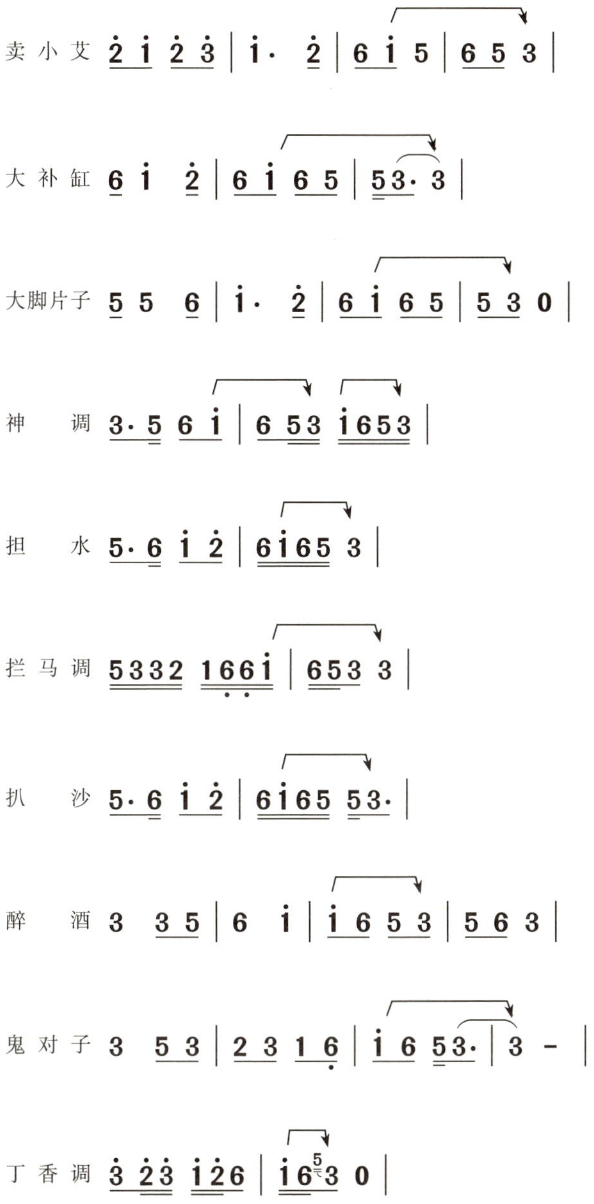

端公戏不仅有这么多曲牌，而且有的曲牌本身就有几种不同唱法。像在后面将详谈的【薛凤英调】就因人物性格、男女音域不一而有不同唱法。例 57 是广泛流传的端公戏【丁香】中的【丁香调】，它的常用唱法就有以下三种。

例 57

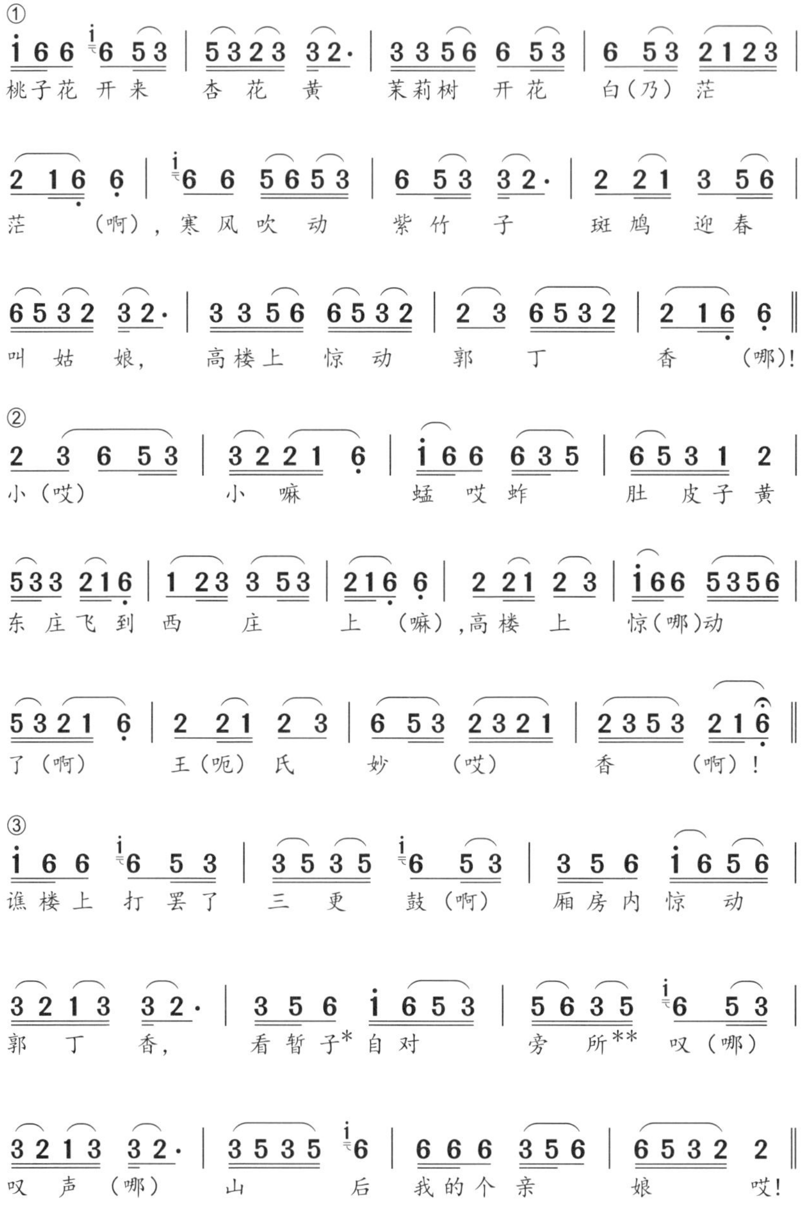

注:* 自暂子:六安方言,意为现在。* * 旁所:六安方言,意为别的地方。

这三种唱法的旋法特点是一致的，曲式也都是分而合，但节奏安排的松、紧不同（②最松，③最紧）。调式上①②是羽，③与《端公调》相同。①②之形成，无疑是受以“3216̣”为特征的影响，如例58《对药调》即与它们极为接近。

例 58

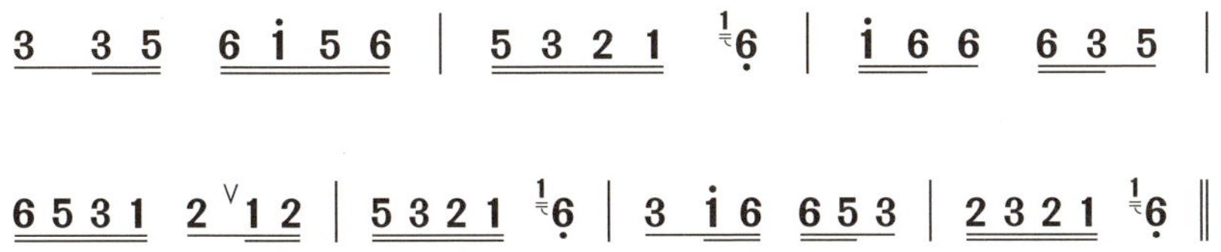

两种不同调式的唱腔用一个曲牌名，用于一个戏中，既使戏中唱腔有变化而不致单调，又因为它们之间有极近的血缘关系而并行不悖。这也就是主调类的【寒腔】【二凉】与【三七】能在同一个戏中相得益彰的原因。这也说明这些主调类唱腔用于一个戏中不是偶然的，而是有历史渊源的。

像《丁香调》这样的例子，我们还可以在下面的谱例中看到，恕不赘述。

端公戏中的曲牌还发展成其他小戏中的曲牌。如例59《打桑》即是由此而来。

例 59

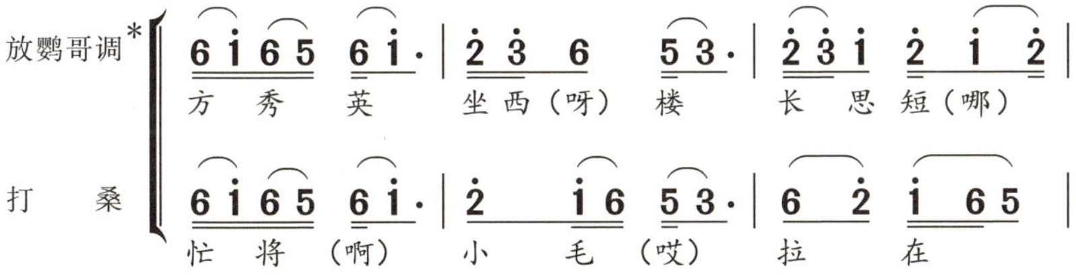

注：*《放鹦哥调》系快一倍记谱。

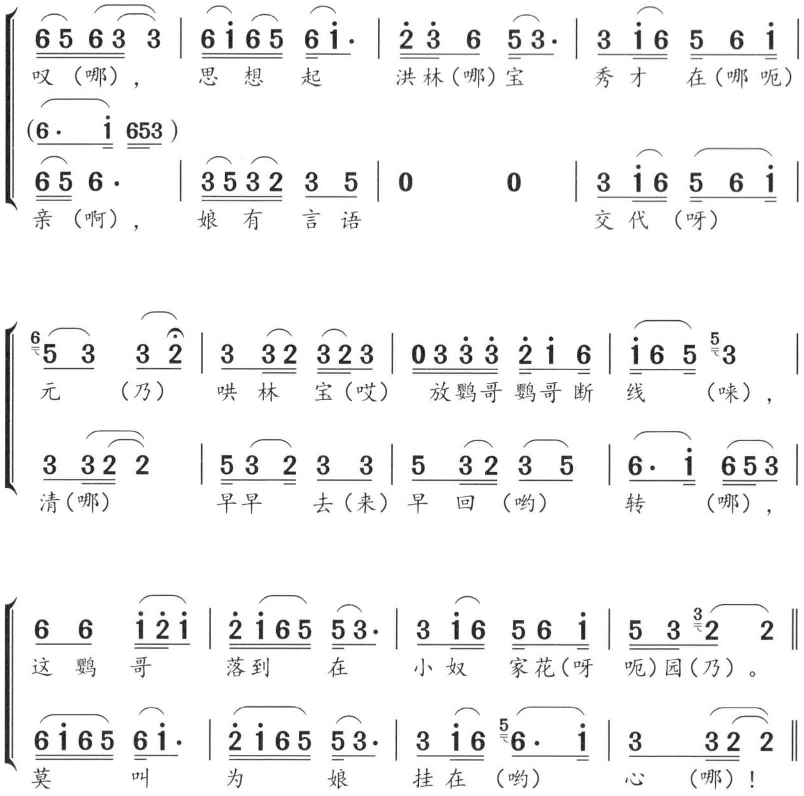

例 59 中《打桑》系小毛母亲唱腔，例 51 则是小毛唱腔。两者情况同例 58。

例 59 两个曲牌都是角、商对置式调式交替。但《打桑》的第一乐句中的最后两小节改变了《放鹦哥调》的旋律进行，第二乐句的第一小节又把《放鹦哥调》的旋律移低了纯四度，特别是第三乐句中的第二小节保持平稳进行，第四乐句由第一乐句头两小节和第二乐句后两小节组成。所有这些，一方面丰富了乐句的变化，造成前后呼应；另一方面使其变得符合小毛母亲的身份和性格。

以“**321$\underset{\cdot}{6}$**”为特征的曲牌有《采茶调》《对药调》《打补丁》《兰花调》《卖杂货》《挑菜调》《赵月娥思春》《打客厅》《门歌》《点大麦》《白玉簪》《倒顺贴》《卖线纱》《铺床调》《哭灵调》《讨学钱调》《献宝》《剪花调》

《看相》《三赶调》《赶路调》《反情调》等。它们中间有不少是由相同材料构成的，但由于运用了不同手法进行发展，因此产生了不同的品格。

例 60

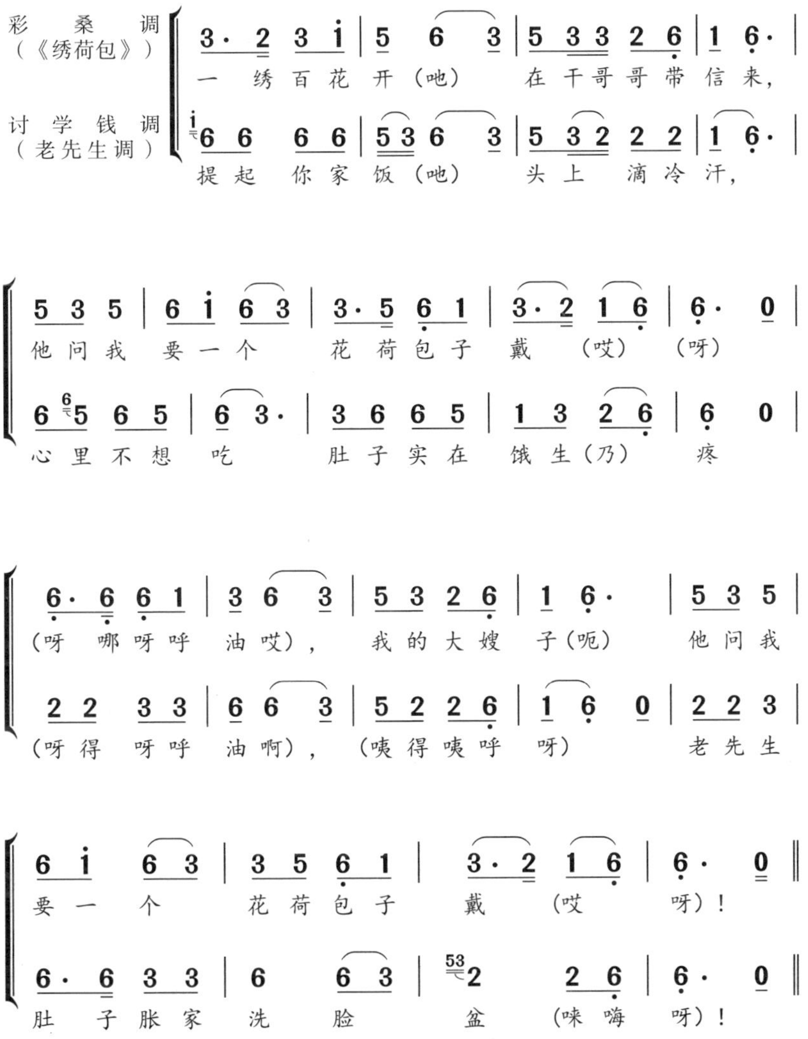

例 60《讨学钱调》把《采茶调》的音区十一度缩小为八度，旋律线平稳而口语化，妥帖地刻画了穷困、迂腐的私塾老先生的性格。

例 61

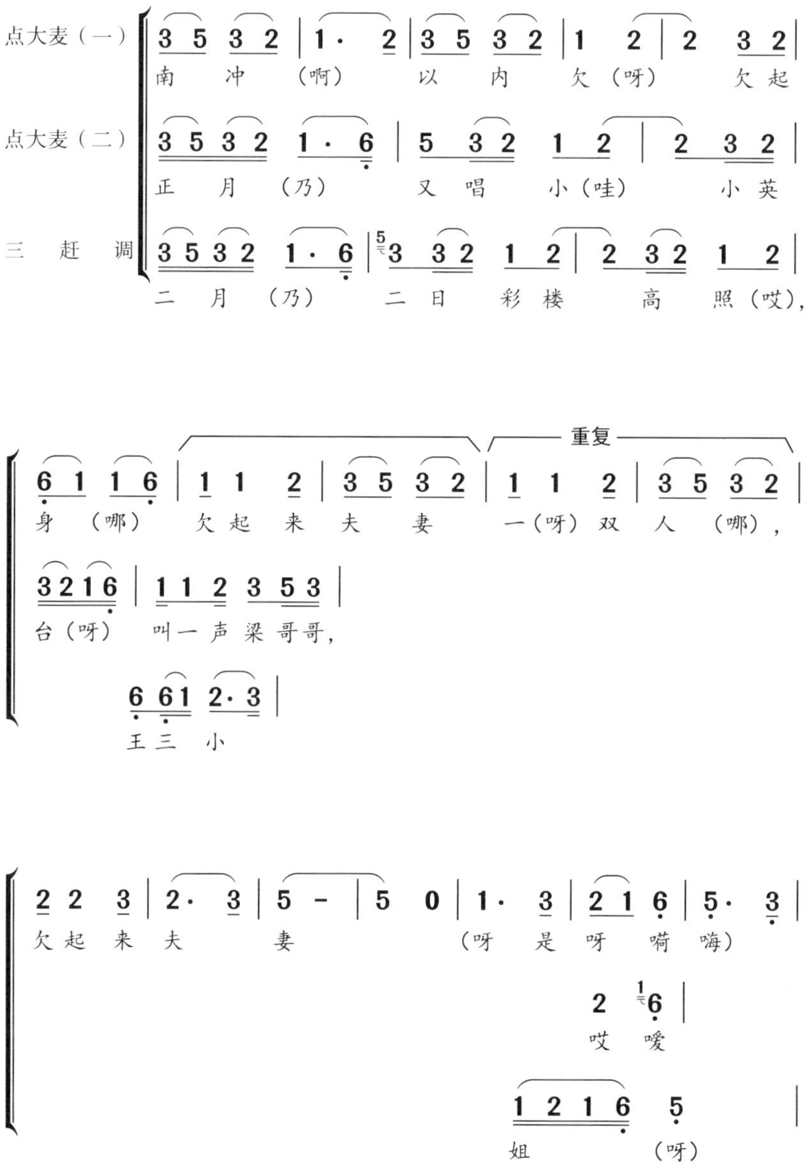
点大麦（一）
南冲（啊）以内欠（呀）欠起
点大麦（二）
正月（乃）又唱小（哇）小英
三赶调
二月（乃）二日彩楼高照（哎），
重复
身（哪）欠起来夫妻一（呀）双人（哪），
台（呀）叫一声梁哥哥，
王三小
欠起来夫妻（呀是呀嗬嗨）
哎嗳
姐（呀）

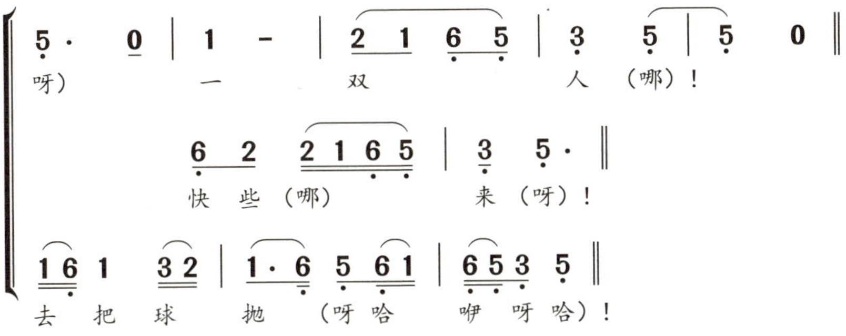

例61《点大麦》（二）虽看似只是记谱紧一倍，唱词没有重复，但仔细推敲起来，可发现由于（一）的板式比（二）的紧一倍，加之切分节奏的反复和衬词的运用，使（一）显得兴高采烈，（二）则显得比较活泼但仍带有说唱叙事的味道。《三赶调》大致与《点大麦》（二）相同，但因节奏紧凑得多且跳跃，故喜悦的情绪溢于外。

例 62

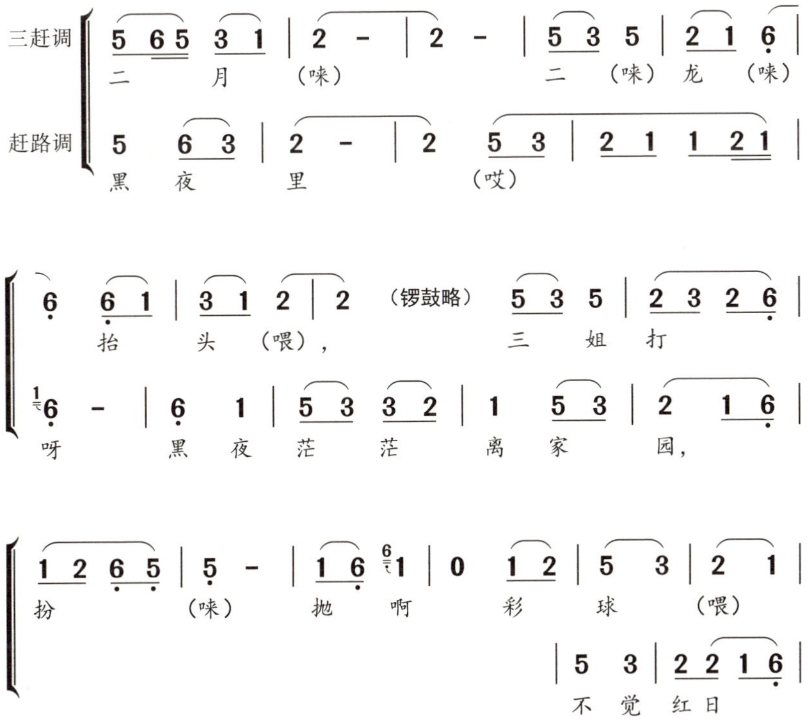

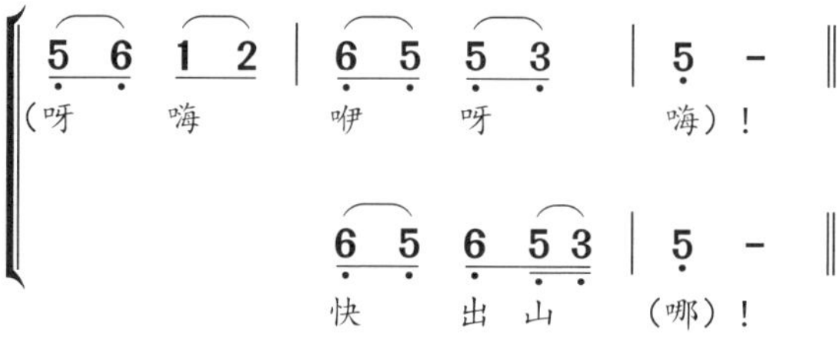

例62是《三赶调》的另一种唱法。《赶路调》将它的旋律简化、连接起来，使原来活跃的情绪变得较为紧张。

综上所述，花腔的两类曲牌，无论是两类之间，还是同类曲牌之间，既有亲近的血缘关系，又有一定的区别。正确地理解共性与个性的关系是很重要的。正如毛泽东所说，“在同一性中存在着斗争性，在特殊性中存在着普遍性，在个性中存在着共性”，个性和共性是对立统一的。共性存在于个性之中，每一个个性都包含着共性。正如没有离开个性的共性一样，也没有不包含共性的个性。花腔曲牌如此丰富多彩，但又“万变不离其宗”，这说明了辩证唯物主义的精髓是普遍真理，它存在于一切事物之中，而艺人们的艺术实践（不管自觉不自觉）是符合这个真理的。

花腔两类之区别和联系，奠定了主调系统声腔的区别和联系。对于这个问题，我在第八章中再予以详述。

第六章 花腔类唱腔的结构形式和曲式

花腔类的结构形式，只有上、下句，而无连词、吆台、过台、循板、伸腔。其曲式以对仗为基础，有分而合、起平落、起承转合等。其中有的起句类似伸腔，有的分部、平部等类似连词，合部、落部则类似过台。例63是三种《采茶调》：①是对仗，②是起承转合，③是分而合。

例63 采茶调

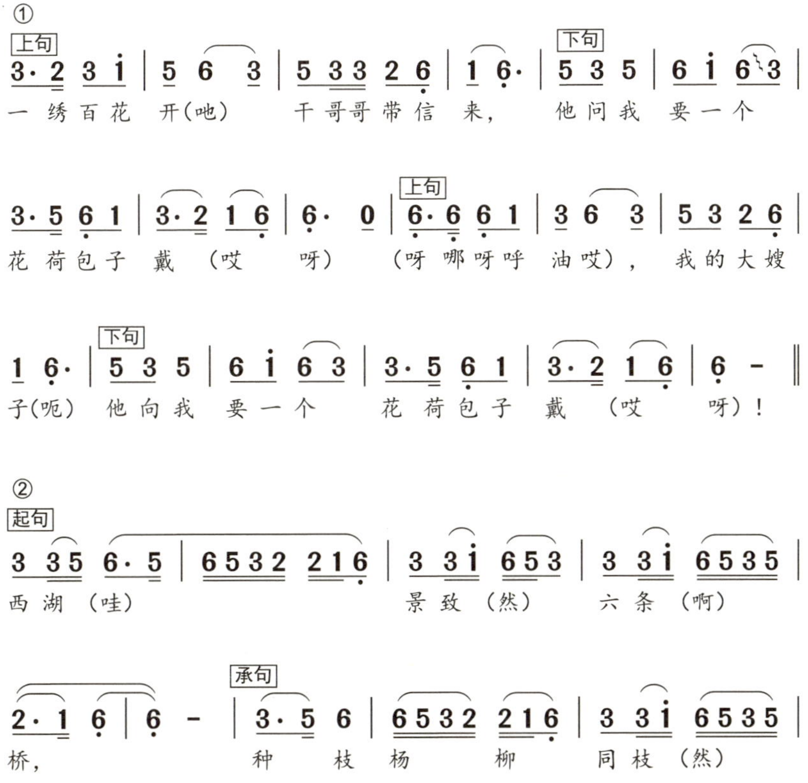

例64《对药调》把《采茶调》发展成由起部（对仗）、平部（对仗）、落部（起承转合）构成的曲式。其平部是在起部的基础上，用紧缩、简化的手法，把分句落在中结音上，再用模进和重复的手法形成的；落部的起句，是扩展了的起部上句的前两小节和平部的上句（把唱词排疏）结合而成；承句用了平部的下句和起部的最后两小节（亦把唱词排疏）；转句又用了平部的上句（此处显露出对仗的痕迹）；合句则用了扩展了的起部下句前两小节（与起句相呼应），然后旋律围绕商音进行，把商作为羽调式过渡的徵调式的共同支柱音，最后转为徵调式，使色彩显得较前明亮。

例 64 对药调

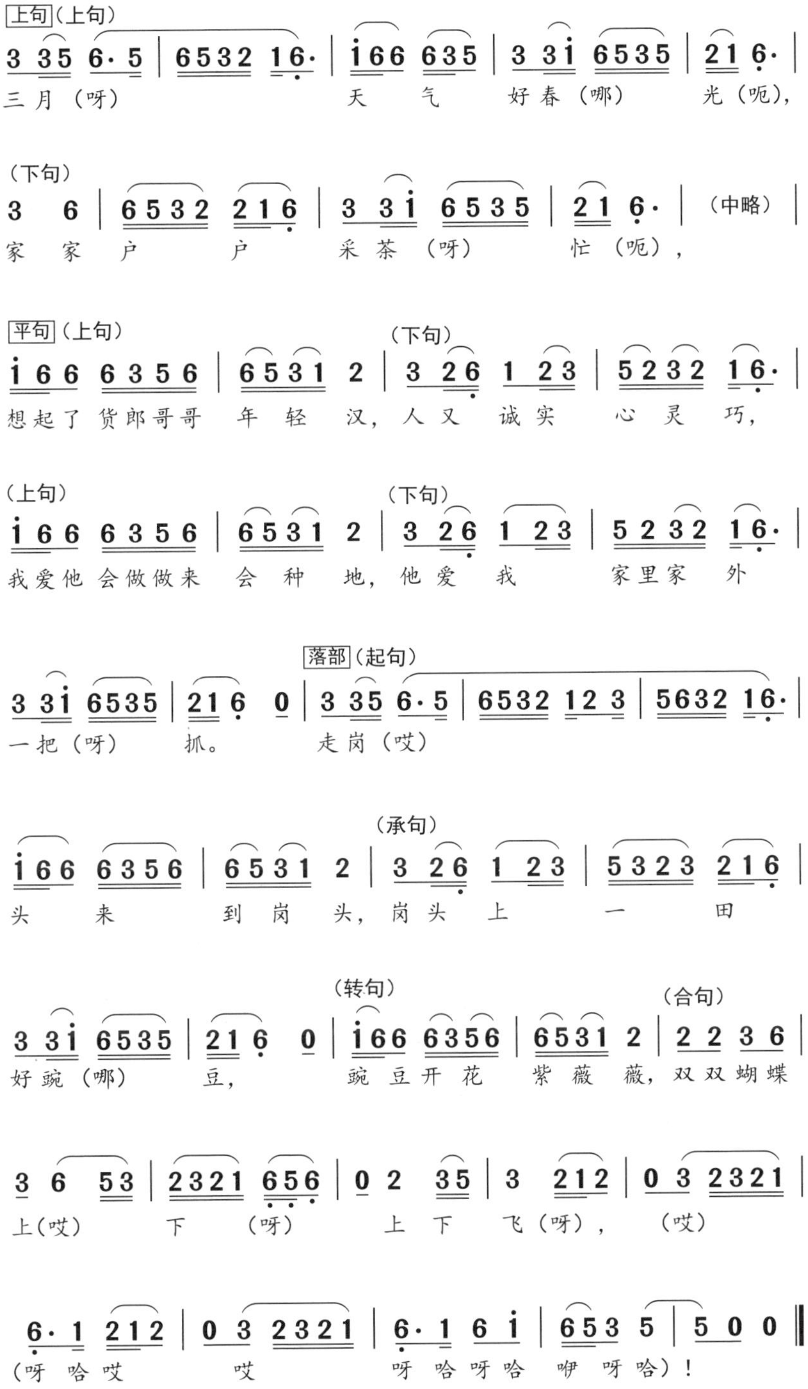
上句（上句）
三月（呀） 天 气 好春（哪） 光（呃），
（下句）
家 家 户 户 采茶（呀） 忙（呃），（中略）
平句（上句）
想起了货郎哥哥 年 轻
（下句）
汉，人又 诚实 心 灵 巧，
（上句）
我爱他会做做来 会 种
（下句）
地，他爱 我 家里家 外
一把（呀） 抓。
落部（起句）
走岗（哎）
头 来 到 岗
（承句）
头，岗头 上 一 田
好豌（哪） 豆，
（转句）
豌豆开花 紫 薇
（合句）
薇，双双蝴蝶
上（哎） 下 （呀） 上 下 飞（呀），（哎）
（呀 哈 哎 哎 呀 哈 呀 哈 咿 呀 哈）！

例65是《点大麦》的两种唱法，其材料是一样的。但①是对仗曲式，②是分而合曲式，②把①的上句前两小节紧缩，音列缩短（略角），唱词排密，成为分部的第一分句，又把①的上句后四小节紧缩，再用模进手法形成第二、三分句。这个由三个分句组成的分部，与气息较宽的带有总结性的合部，形成了鲜明对比。

例65 点大麦

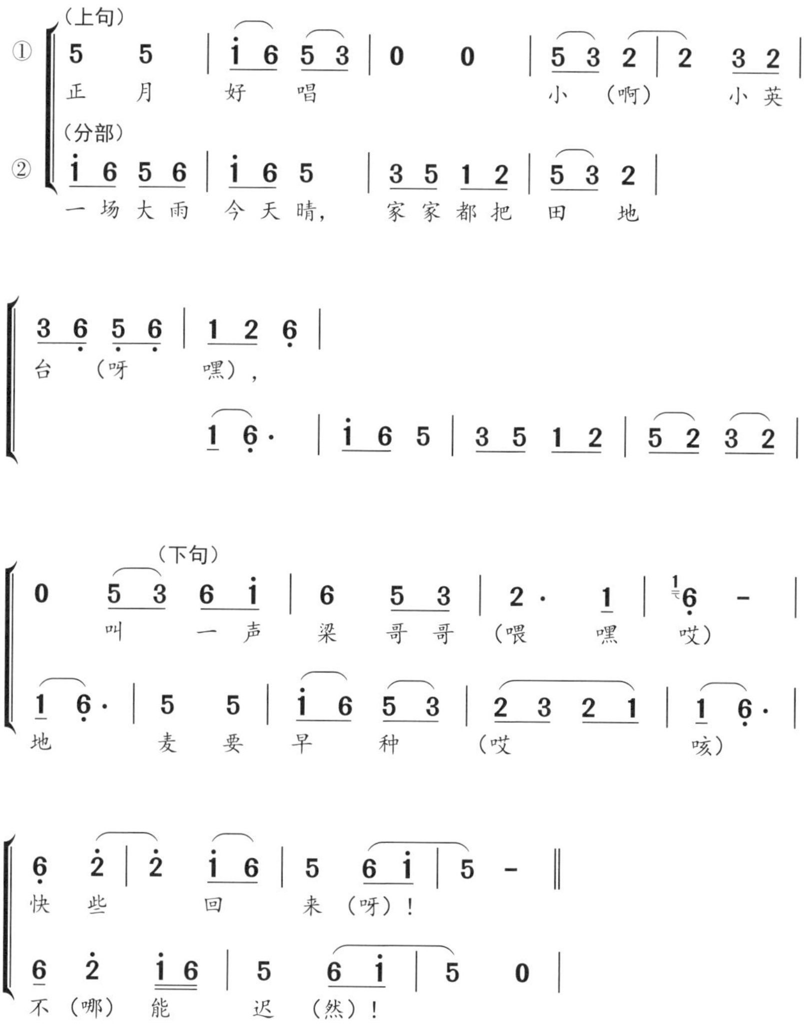

《三赶调》原是只有上、下句的对仗曲式，但例 66《恨大脚》把它发展成了起平落曲式，其三个部分很像主调类声腔的上、下句和连词、过台，由此也可看出主调系统声腔结构形式形成的雏形。

例 66　恨大脚

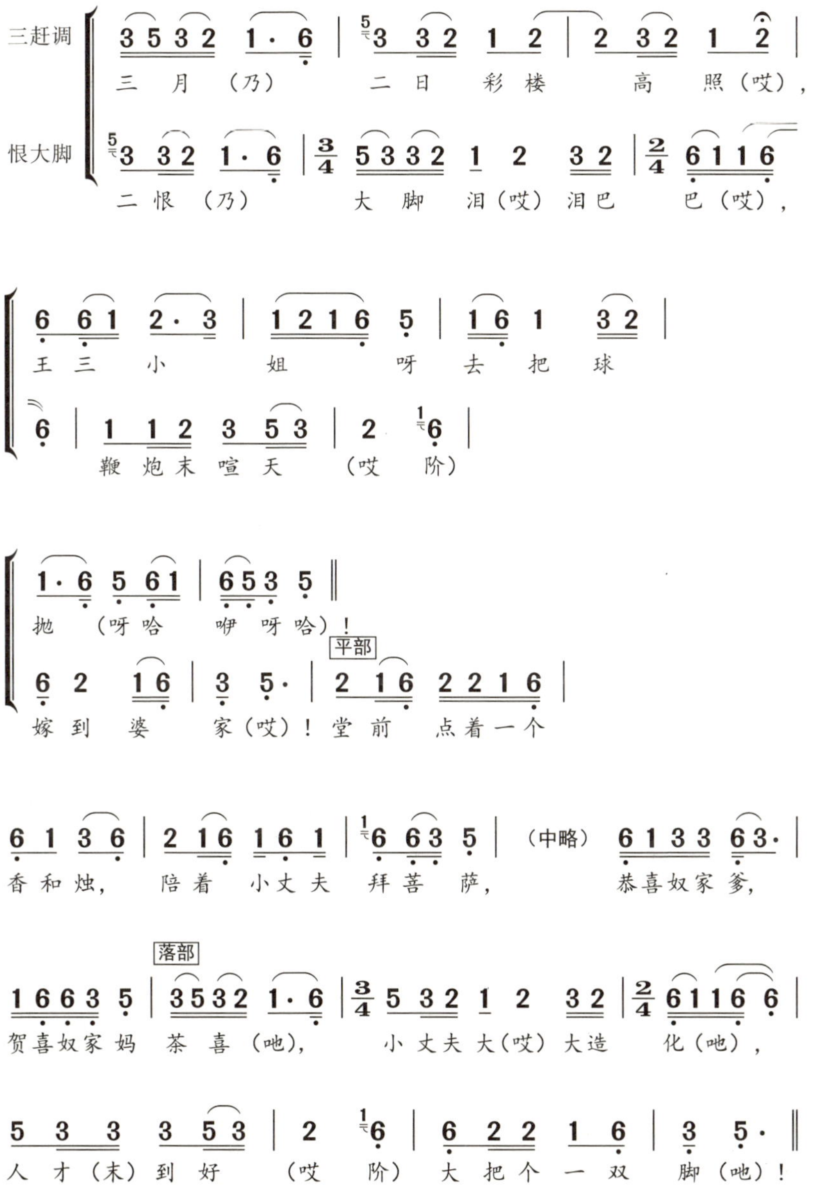

在花腔类的曲牌中，曲式并不止这些，但均不出这四种范围。如《献宝》(例 16)，是用模仿手法在第一乐句基础上发展起来的，带再现部的起承转合曲式，即 a、b、c、d、c^1、d^1，d^1 转入商调式下方大二度的宫调式。

第七章　庐剧唱腔中小嗓的特点和成因、各路唱腔的区别

以上六章概述了庐剧唱腔的旋法、调式、分类、体制、表现功能、结构形式、曲式及调式和调性转换，两大类唱腔的血缘关系等方面的特点。除此之外，庐剧声腔（特别是主调类）的小嗓，也是很有特点的，这至少有三点可以佐证：第一，如第一章所述，小嗓是级进音程的转位形成的。第二，小嗓虽然也像京剧那样，有区别行当腔色的作用，但又不是整首都是小嗓；它虽多用在句尾，但又不都是这样，如在某些伸腔或吆台的小嗓之后，立即改用大嗓，这显然不同于弋阳腔、梆子、泗州戏及福建儒林等剧种的小嗓。第三，小嗓虽有扩大演员音域的作用，但又不尽然，因为我们稍加留意便可发现，在同一唱段内，同一高度的音，有时用小嗓唱，有时却用大嗓唱，这说明小嗓用在唱段的什么地方似乎已形成一定的程式，但是同一声腔的同一结构形式（如【二凉】大过台等），往往有的腔节既可用大嗓唱，也可用小嗓唱，这又说明这程式不是一成不变的，而是演员可根据自己的嗓子情况作调整的。庐剧的小嗓与京剧有很大区别。其特点是音量"小"，但不飘，犹如泛音。掌握其演唱技巧，需下很大功夫。庐剧唱腔中小嗓子是如何形成的？一是庐剧发源地特别是皖西地区的民歌，如《蜜蜂钻天》《三接气》《震颈红》等在原生态演唱时，就有相当大篇幅的小嗓子（假声），这为庐剧唱腔中的小嗓子提供了原生态地保持地方特色的基础。二是庐剧作为戏曲，其角色必

有男、女、老、少之分。在现实生活中，女声的音比男声的高，青少年的音比老年的高，作为源于生活的戏曲，对于男与女性别之不同、青少年与老年年龄之不同，用真假声不同音高予以呈现，是顺理成章的事。三是徽班进京后，京剧风靡全国之时，正值庐剧兴起之际，京剧生、旦小嗓的运用，为庐剧唱腔中区别老生与小生、老旦与花旦（闺门旦）音色提供了有益的借鉴。以上三种因素的碰撞融合，便形成了庐剧的小嗓子，这也是庐剧唱腔中一些音并不高的部分也用小嗓的原因。庐剧唱腔中的小嗓绝不是因为音太高演员唱不上去而采用的演唱方法。

以上所述的庐剧唱腔小嗓的特点，在庐剧流行地区的唱腔中是共有的。然而，这不等于说庐剧唱腔无论在何地都是一样的。

庐剧唱腔向有上路、中路、下路之分。上路唱腔包括西路、北路，流行于六安、霍山、金寨等地（统称西路）和寿县、霍邱等地（统称北路）；中路唱腔流行于合肥等地；下路唱腔流行于无为、芜湖等地。

西、北路唱腔互为通用，且差别不大。如例 67 是西、北路的【二凉】，两者基本相同。

例 67 二凉

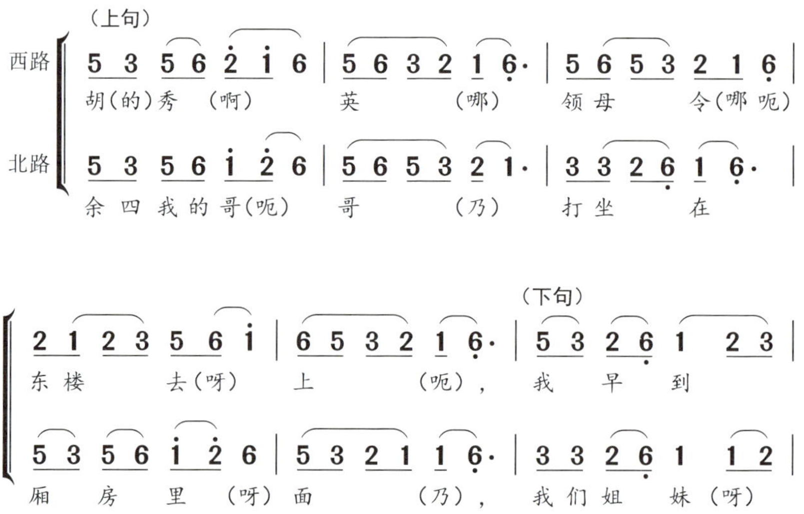

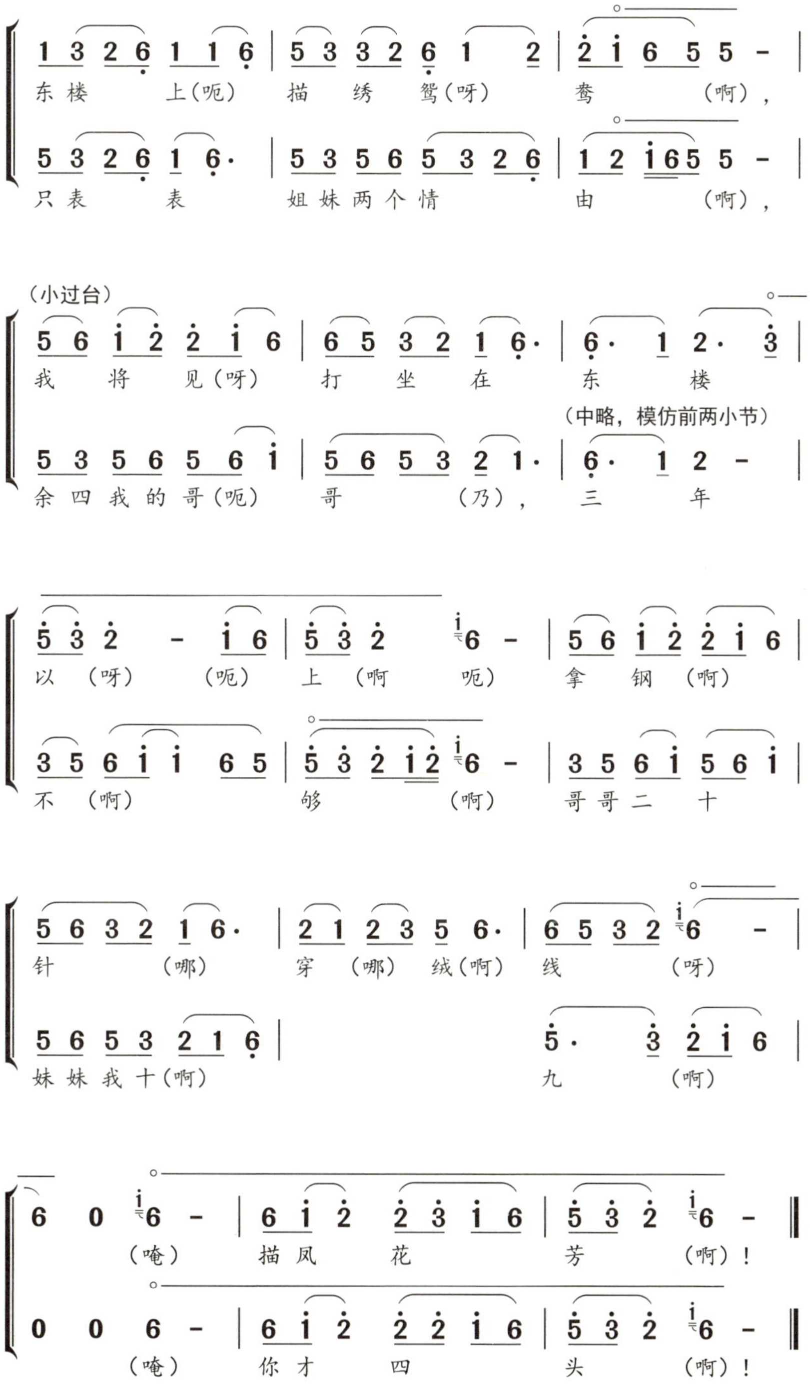
东楼 上(呃) 描 绣 鸳(呀) 鸯 (啊),
只表 表 姐妹两个情 由 (啊),
(小过台)
我 将 见(呀) 打 坐 在 东 楼
(中略，模仿前两小节)
余四我的哥(呃) 哥 (乃), 三 年
以 (呀) (呃) 上 (啊 呃) 拿 钢 (啊)
不 (啊) 够 (啊) 哥哥二 十
针 (哪) 穿 (哪) 线(啊) 线 (呀)
妹妹我十(啊) 九 (啊)
(唵) 描风 花 芳 (啊)!
(唵) 你才 四 头 (啊)!

中路与下路的差别也不大。故，下面着重阐述上路与中路的区别。

上路唱腔与中路唱腔的区别，概括起来有四点。一是上路唱腔比较高亢，小嗓用得较多，具有鲜明的皖西大别山区山歌的特点。二是上路唱腔的旋律跳动幅度较大，特别是大嗓转小嗓的跳进，多在八度以上，有的甚至可达十四度，如：

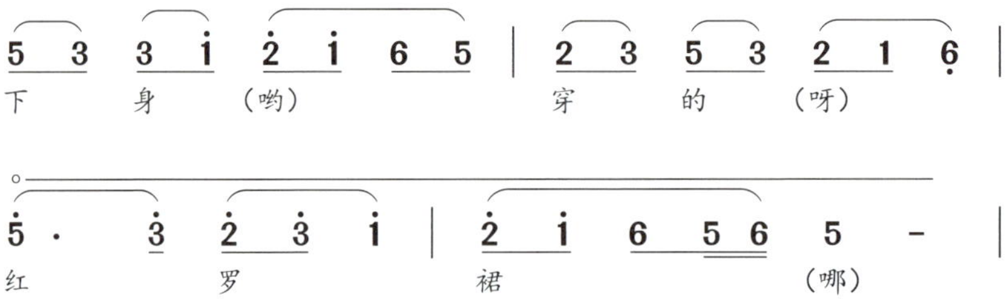

它与五声音阶级进式音列组合相互辉映，造成了旋律的跌宕起伏、波澜迭起，增强了唱腔的艺术感染力。三是上路唱腔的旋律较简朴，更接近口语，中路唱腔则比它繁花而较多变化，更显委婉。四是上路与中路的唱腔中，各有自己独有的声腔。如上路的【快二凉】、【小生二凉】（见例 22）、【小生三七】（见例 25）和【寒三七】及其同类的行当唱腔（例 31、32、33），中路的【小生调】【寒腔】。在花腔类中亦是如此。

为了论证这些论点，我们在下面举一些例子加以说明。

例 68 是中路和上路【平二凉】的过台的比较，前者的音域比后者窄小三度，小嗓也少得多，跳进要小得多。

例 68 平二凉

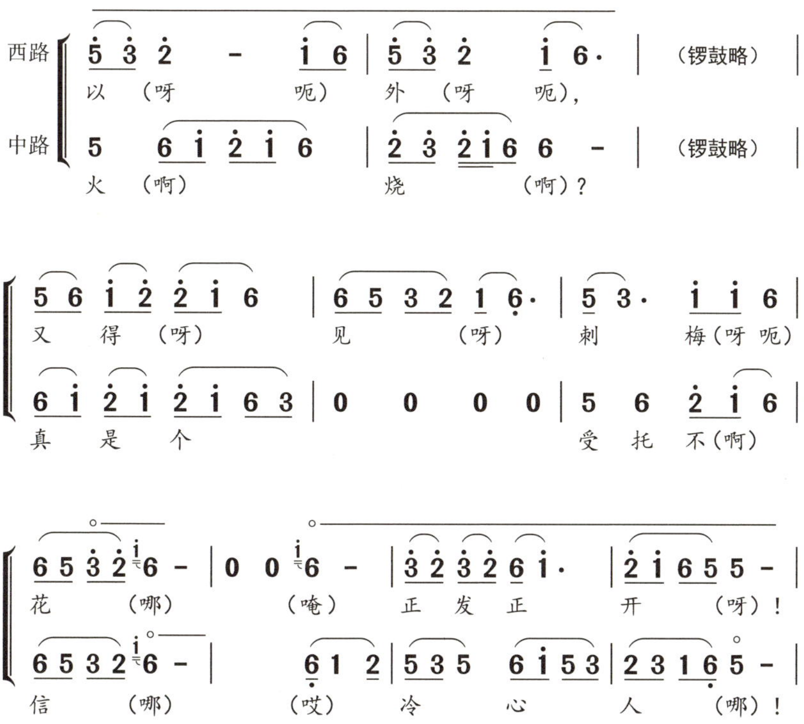

例 69 是上路与中路的【花二凉】小过台、大过台、伸腔、吆台的比较：前者小嗓虽多，但旋律线较平，吆台也只是过台的变化重复，发展不大；后者旋律线曲折，吆台热烈、欢快，起伏较大。

例 69 花二凉

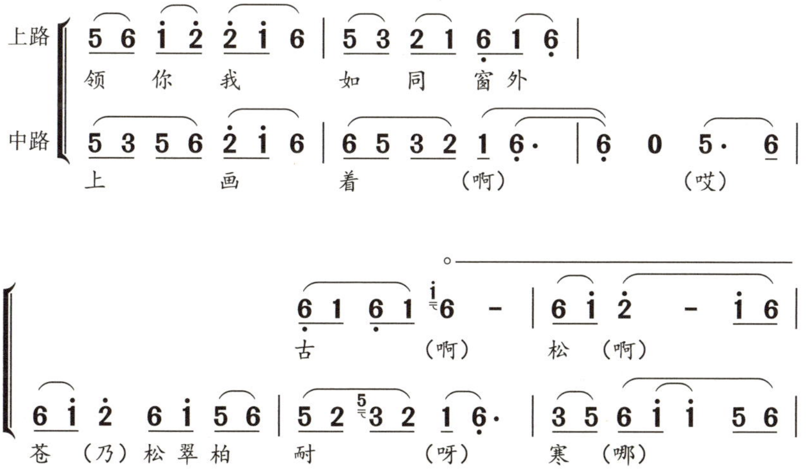

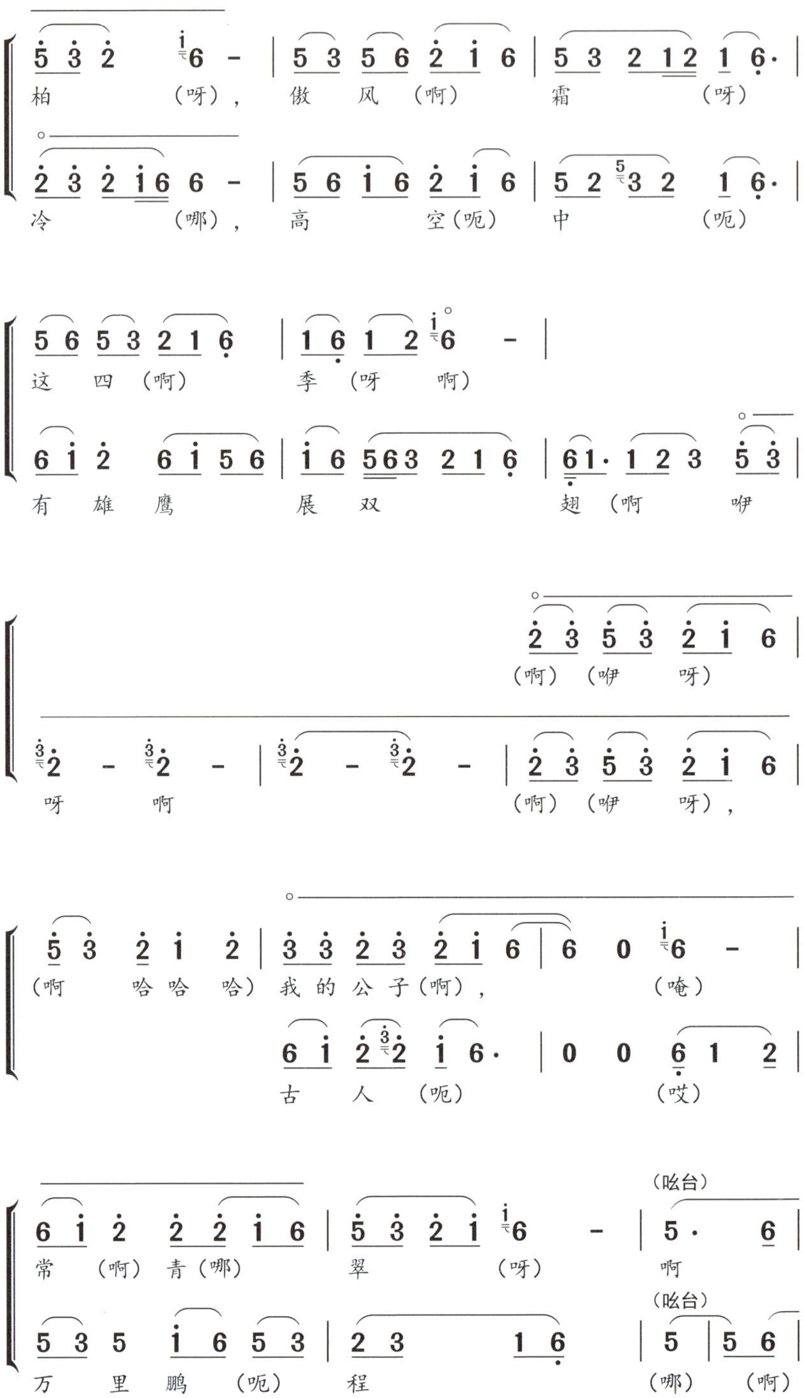
柏 （呀）， 傲 风 （啊） 霜 （呀）
冷 （哪）， 高 空（呃） 中 （呃）
这 四 （啊） 季 （呀 啊）
有 雄 鹰 展 双 翅（啊 咿
（啊）（咿 呀）
呀 啊 （啊）（咿 呀），
（啊 哈哈 哈）我的公子（啊）， （唵）
古 人 （呃） （哎）
（呚台）
常 （啊）青（哪） 翠 （呀） 啊
（呚台）
万 里 鹏 （呃） 程 （哪） （啊）

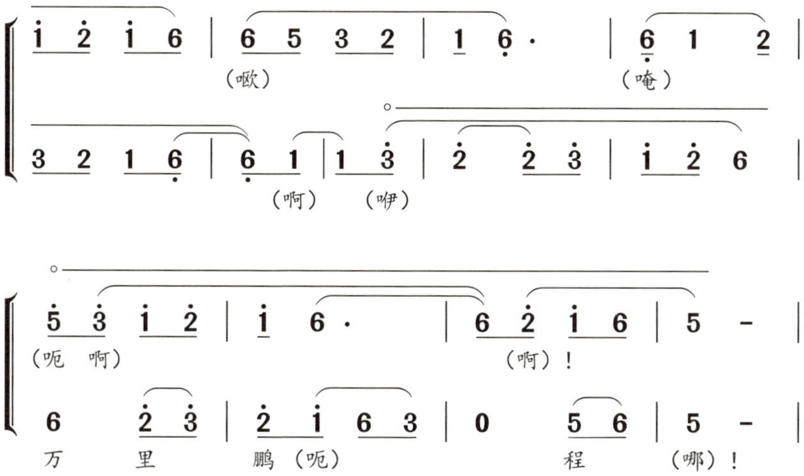

例 70 是中路与上路【花三七】的比较，前者比后者繁花、流畅、委婉。

例 70　花三七

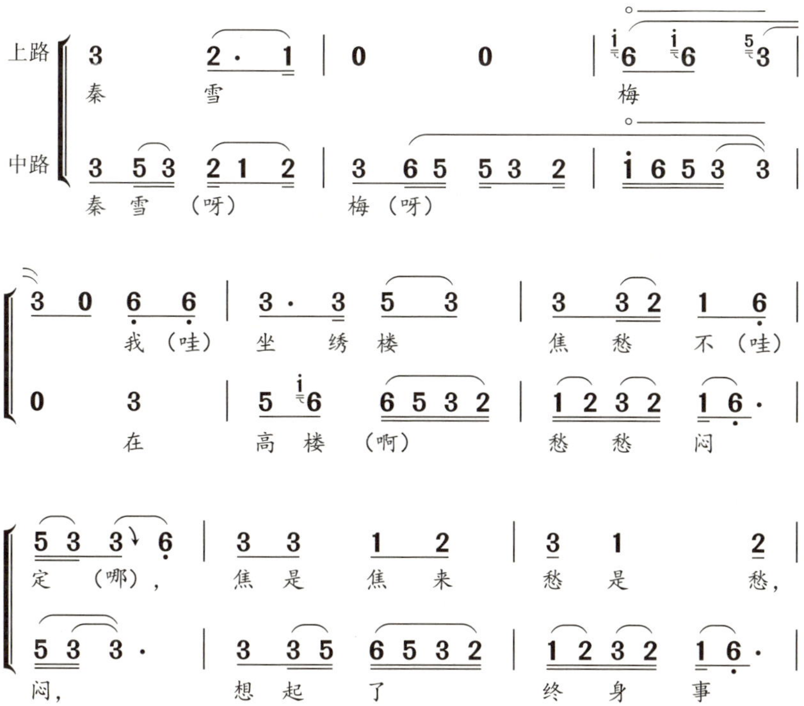

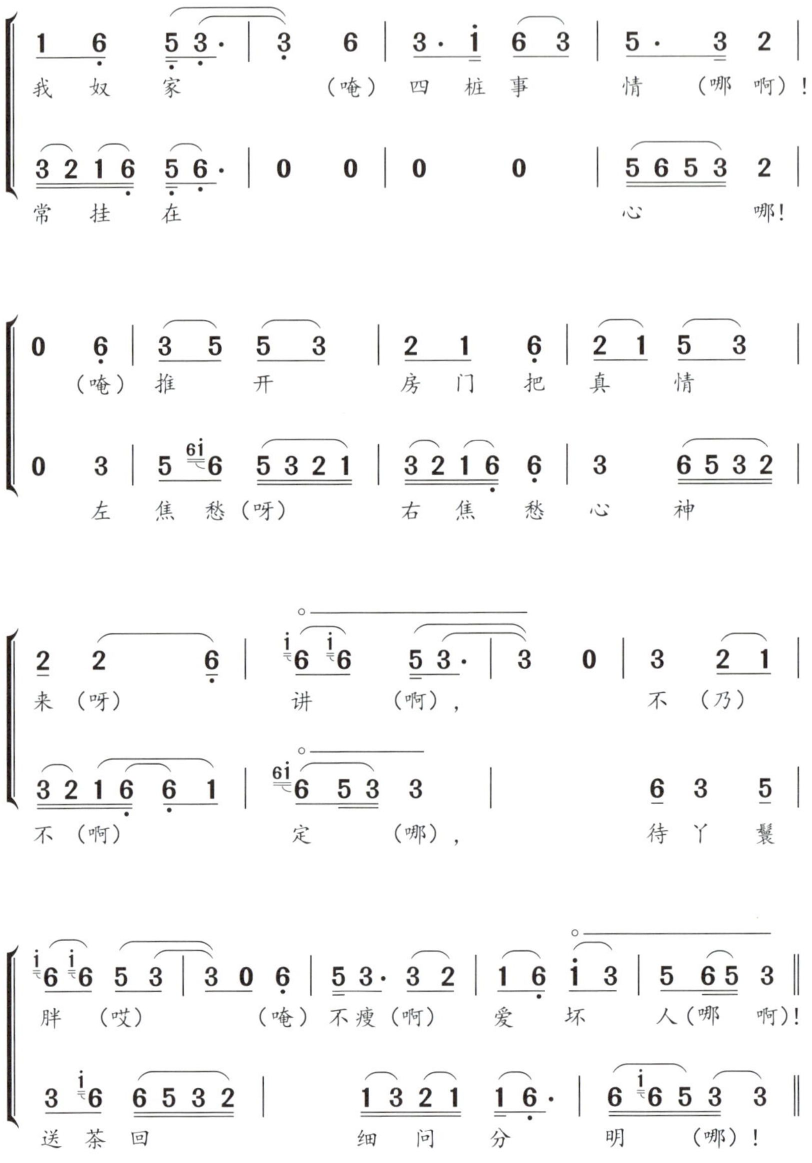

中路的【三七花腔】吆台（见例 43、45）比上路（见例 71）更加生动活泼，富于变化。

例 71　三七花腔

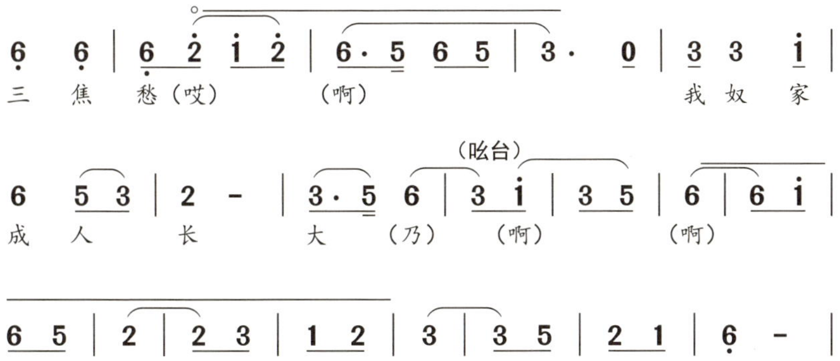

【寒腔】（见例 23）因是六安等地之东合肥等地区艺人所唱，故被上路艺人称为《东流》。《东流》在上路艺人唱来，是有区别的，如其上句、下句结尾跳动幅度在八度或八度以上：

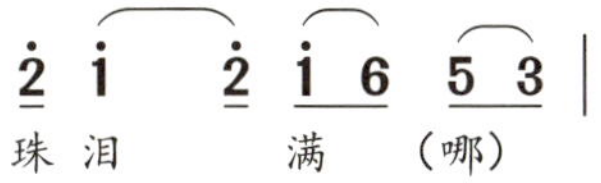

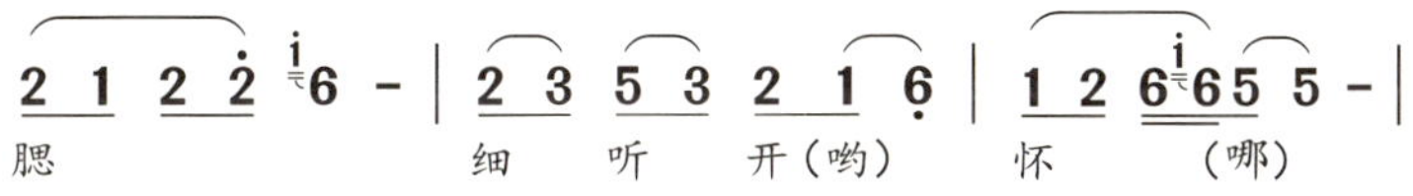

；再如连词更近于吟诵：

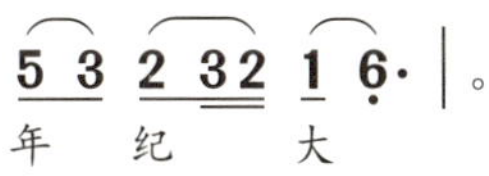

。

中路的《端公调》，是属【寒腔】类的（详见第三章），上路的《端公调》是花腔类（详见第五章），两者区别已见前述，此不赘述。

【三七】类中的【寒三七】和【小生三七】，是上路特有的，这在第三章已有叙述，为了进一步说明问题，下面特再举两个最有代表性的例子。

例 72　寒三七（选自《皮氏女三告》）

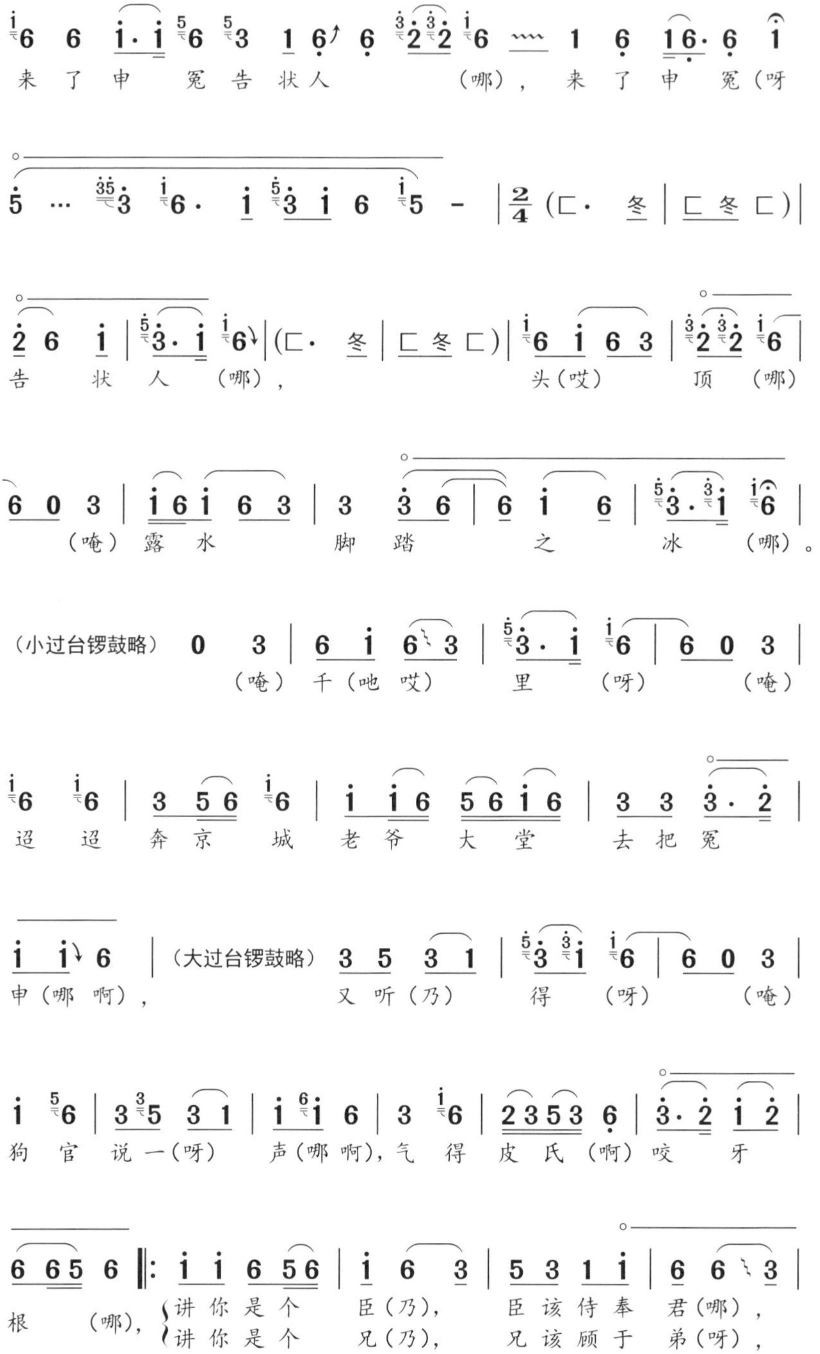

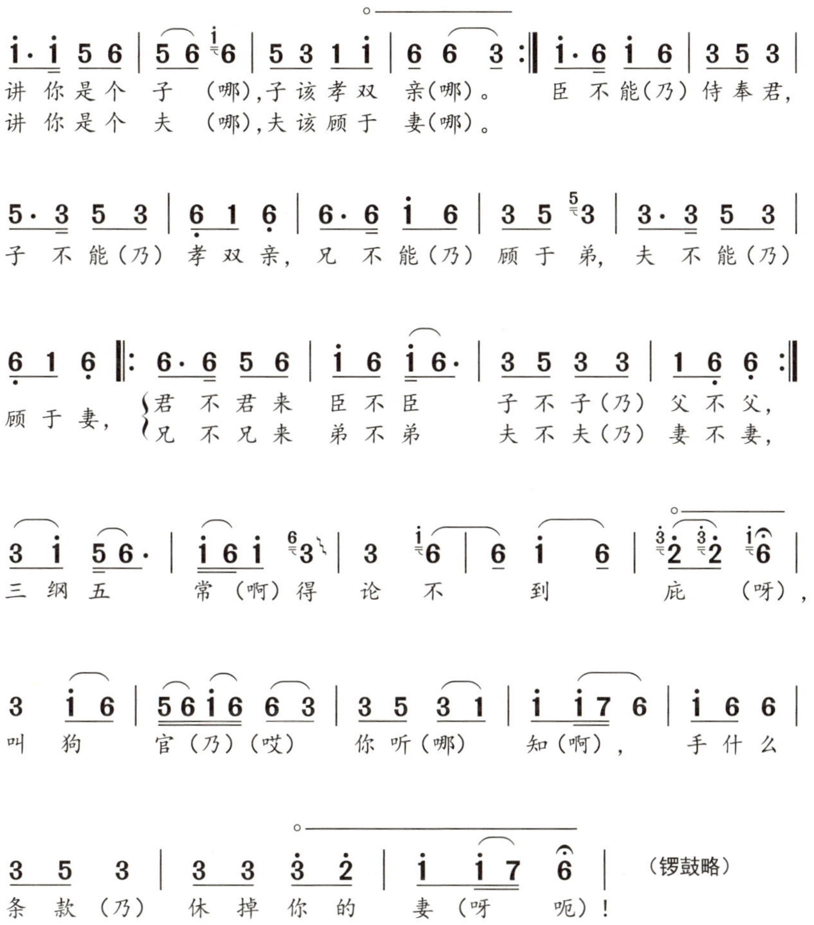

这段唱腔音调高亢，音域宽（十四度），跳进幅度大，具有皖西山区民歌特点。它的富有特点的旋法是，级进的音列组合和“$\dot{5}\ \dot{3}\ \dot{1}\ 6$”组合十分明显、突出。它的结构层次清晰，层层推进：一句循板，先声夺人；二小节抹拐，使板式从散板转入一板一眼的小过台和大过台，概括了皮氏女为告状历经的千辛万苦；上、下句后的连词，如诉似泣，悲中含愤，一气呵成，它与紧接其后的总结性质的过台，淋漓尽致地表现了她对道德沦丧的丈夫——李月荣的痛恨，揭示了她不畏权贵的品格，如金玉掷地，铿锵有声。

例 73 小生三七（花腔）

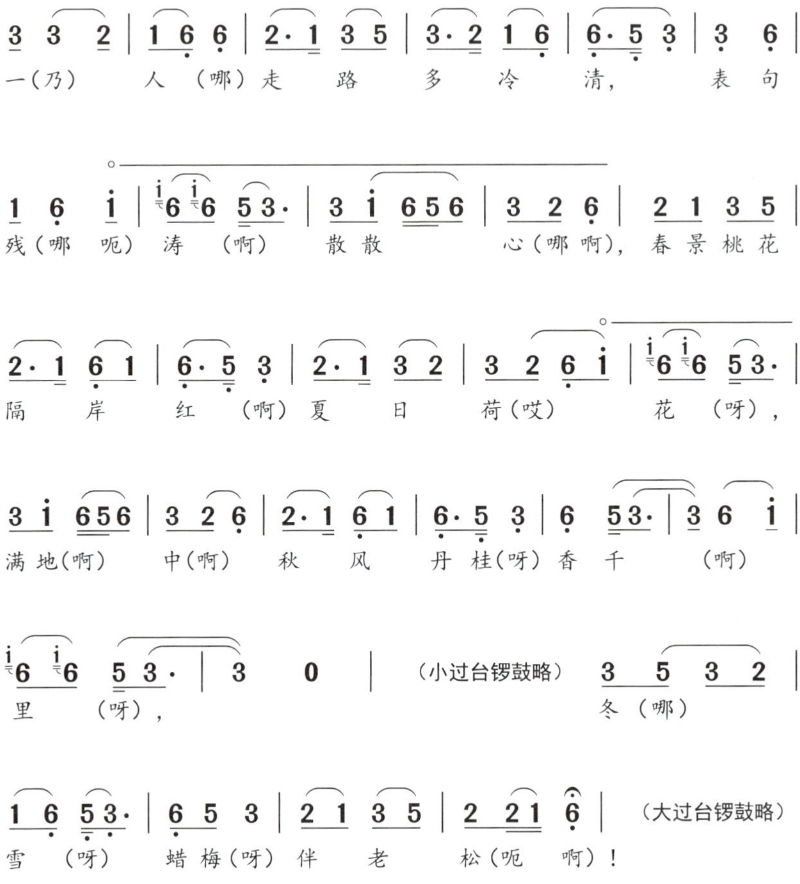

例 73 这段唱腔也具有皖西山区民歌高亢、音域宽、跳进幅度大的特点。“1̇ 6 5 3”的音列组合在旋律中表现得更为突出，这个组合恰与【三七】中【花三七】等声腔是一致的，而与【寒三七】的“5̇ 3̇ 1̇ 6”构成纯五度、纯四度的关系（详见第一章）。

上路的花腔声腔与中路花腔比较，这些区别也很明显。

如，同是《哭灵调》，中路的音域是“6̣—2̇”，上路的音域是“6̣—5̇”（见例 18）。再如，例 74 是上路与下路《拦马调》的对照，很明显，上路的常用音域（6̣—1̇）比中路的常用音域（5̣—6）宽且高；上路音调较中路简单得多，且未转调；中路曲调繁花，且转入属调，致使最后一转调乐句比上路低纯四度；从结构曲式来看，上路是对仗（上、下句），中路是分而合。

例 74　拦马调

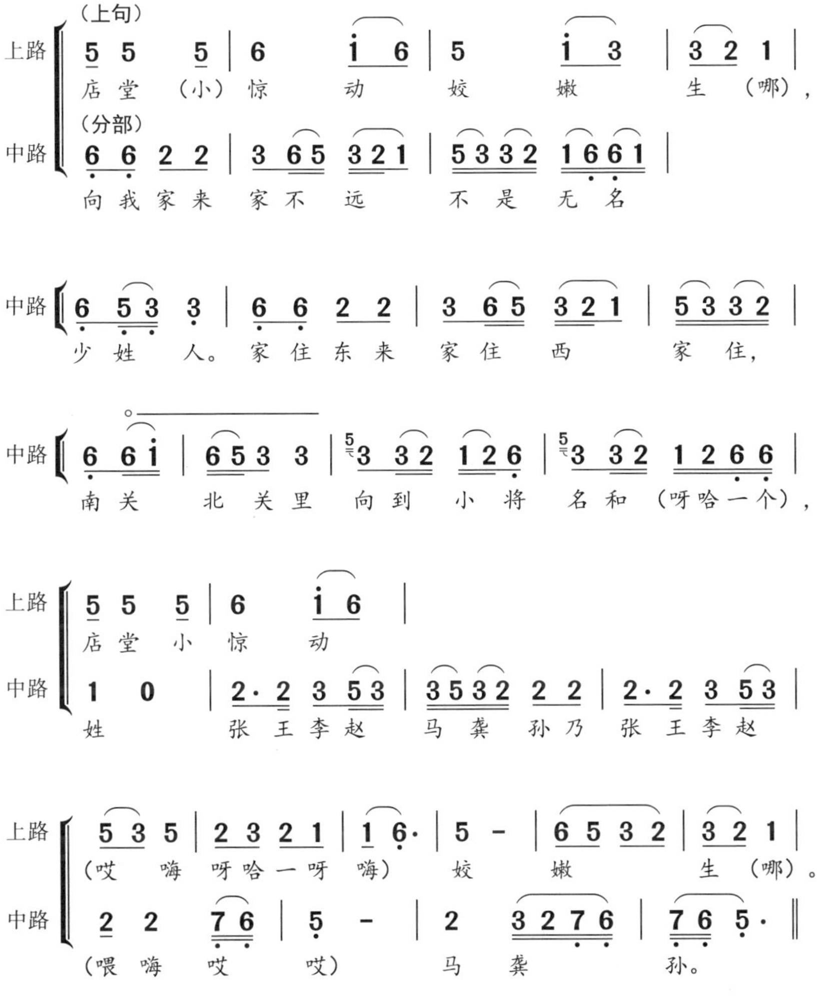

上路不仅有丰富的端公类唱腔，而且其中有的唱腔有好几种唱法，它们通过音区、调式、速度等方面的差异，刻画不同人物的性格。

例 75 薛凤英调

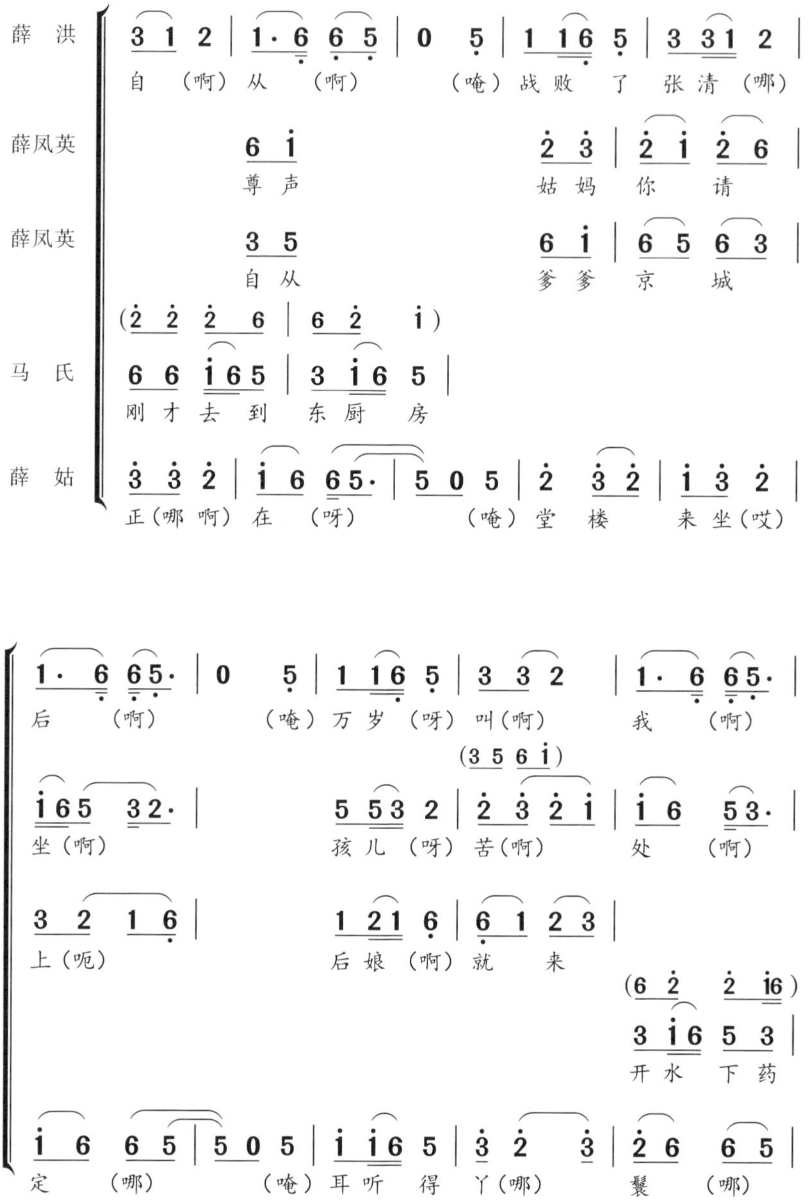
薛 洪
自（啊）从（啊）（唵）战败了张清（哪）
薛凤英
尊声 姑妈你请
薛凤英
自从 爹爹京城
马 氏
刚才去到东厨房
薛 姑
正（哪啊）在（呀）（唵）堂楼来坐（哎）
后（啊）（唵）万岁（呀）叫（啊）我（啊）
坐（啊）孩儿（呀）苦（啊）处（啊）
上（呃）后娘（啊）就来
开水下药
定（哪）（唵）耳听得丫（哪）鬟（哪）

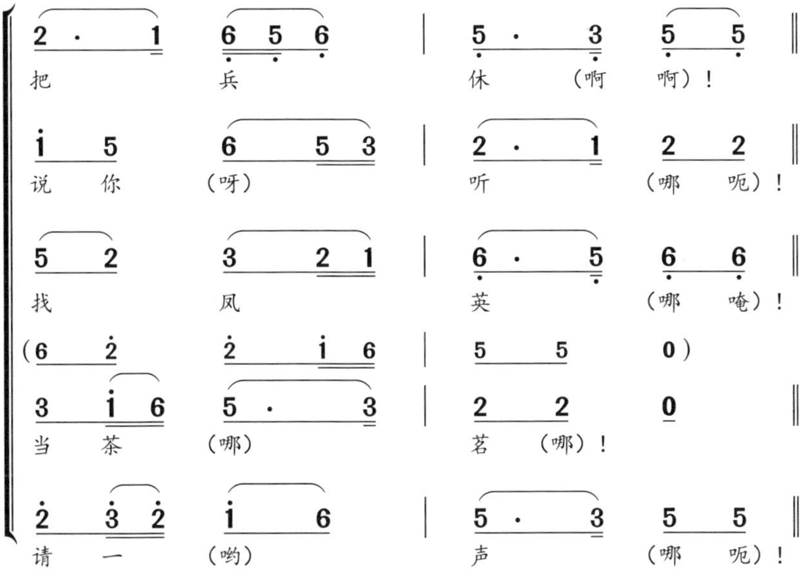

例 75 是庐剧传统剧目《薛凤英》的唱腔，剧中不同人物的唱腔名称均与剧同名。薛武举与他的仆人薛洪的唱腔是男腔，其旋律与薛姑唱腔基本相同，速度较快，节奏较开阔，是徵调式，较好地刻画了这三个人物心地善良、疾恶如仇的共同性格。薛凤英唱腔速度缓慢（♪＝48），音区较宽（十一度），旋律线婉转，感情凄凉，特别是最后两个虚字，演员唱时如抽泣之声，甚是悲戚，较好地塑造了备受继母折磨、不堪受辱而自尽的少女形象。马氏是薛凤英的继母，是庐剧流行地区妇孺皆知的心狠手辣、两面三刀的女性典型，她的唱腔的上句取自薛姑唱腔的前两小节，下句取自薛凤英唱腔的尾，音区狭（仅七度），节奏紧凑，无拖腔，加上演员在演唱时加上不规则的强音，使唱腔变得阴阳怪气、凶狠毒辣。薛武举与薛凤英的上一行唱腔、薛凤英的两种唱腔之间的纯四度（有时是纯五度）关系而不同唱腔，以及马氏唱腔括号内的唱法，都是为了接口唱而产生的。

在上路花腔中，还有异宫系统调式、调性转换的声腔。如例 76、77《骂鸡》的两种唱法，例 76 转入下属调，例 77 则不然。

例 76　骂鸡

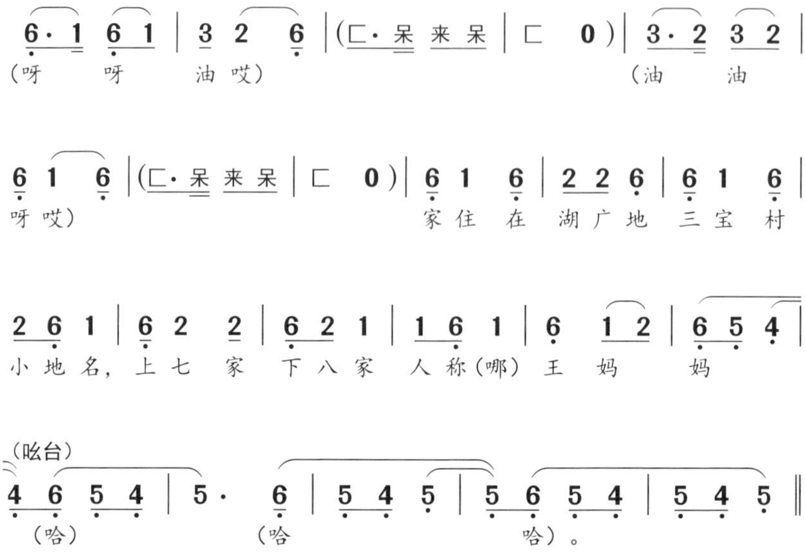

例 77　骂鸡

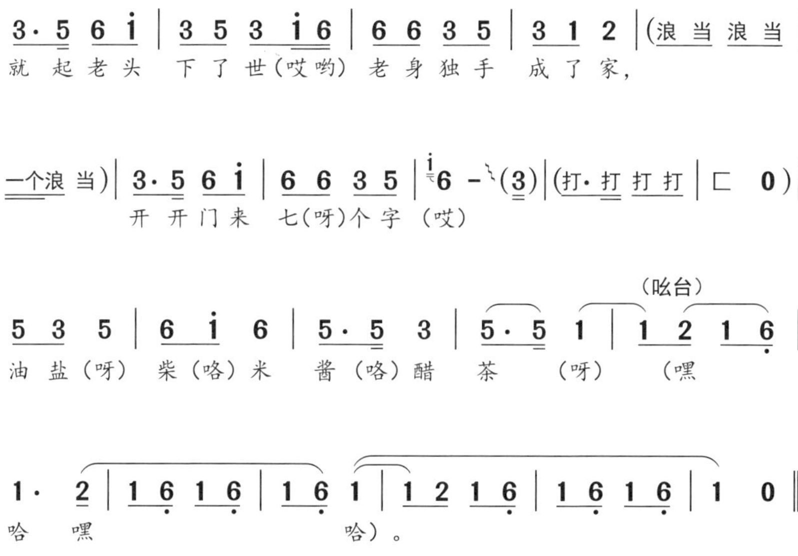

上路花腔中，还有一些特有的优美的声腔，如《放鹦哥调》(例 13)及例 78《剪花调》等。

例 78　剪花调

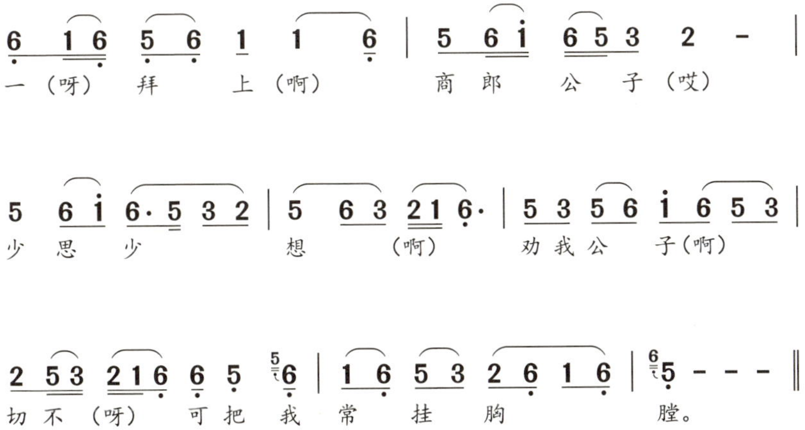

综上所述，可见上路、中路唱腔，既有共性，又有差异，各有所长，各有所短，我们绝不可厚此薄彼或薄此厚彼，而应在保持它们各自特色的基础上，博采众长，使其更加丰富多彩，更有艺术魅力。

第八章 庐剧唱腔、锣鼓的起源和演变

庐剧音乐因一直被历代反动统治者所禁，故在现在的文献中已无法找到其踪迹。我们只能通过民歌小调、花鼓(灯歌)、端公戏唱腔与庐剧音乐在旋法、曲式等方面的对照，从州(县)志的只言片语中，按照事物由低级向高级发展的普遍规律，探讨它们之间的血缘关系，理出其发展脉络，找到其渊源。

庐剧唱腔来源于皖西地区民歌小调和以说唱故事为主的灯歌、锣鼓书及端公戏这一论点，有七点可作佐证。

第一，皖西地区有极为丰富的民间音乐，其源远流长，仅现有文字记载可追溯到16世纪的明代。

《六安州志·艺文志》(以下简称《六·艺》)记载的几首明代诗词片段曰："西风送我遗归去，犹听儿童唱采茶"(程燕兰《山王河道中》)，"歌声欢少愁较多，采茶上山争唱歌"(朱襄《采茶词》)，"无边云树苍茫里，不断行歌欸乃声"(丁钺《黑石渡》)，"引商刻羽古犹少，白雪阳春今不多。翻乐无腔流水板(原注：腔不合拍者，俗名"流水板")，今将牧笛配渔歌"。由此可见，六安州的民谣、山歌、渔歌、牧歌、茶歌等在当时已十分兴盛，人民极爱唱歌，且音调高亢("翻乐无腔"——把音调翻高得没有限度)，有的节奏、节拍变化多，有的则自由，歌词多反映人民生活，情绪较忧愁、压抑。

用民歌演唱故事，就全国范围而言，最早在唐、宋即已形成。现在收集的《三国英雄数马超》《活捉张三调》等皖西民歌，即属此类，但时间已无从考查。但演唱故事的灯歌（或名花鼓）至迟在明代就有了。《霍山县志·艺文志》记载："上元前后，乡民多结彩灯，打十番，唱花鼓词，为舞狮游龙之戏，辄夜不息，他如迎春贺岁……皆习行，无异他处。"可见其历史之久、流行地区之广。

端公戏系从巫师（端公）跳神发展而成，内容都表现神仙鬼怪的故事。六安之有端公戏，有记载的是在清代康熙年间（1662—1722 年）《大辞海》，有戏班演出则是在明崇祯辛巳年（1641 年）秋（见《六·艺》）。《霍·艺》记载说："秋收已毕，无丰歉，必醵金作醮，演剧赛神，此乃相沿积习，不独霍境为然。"可见其历史之久，流行地区之广。

第二，这些民间音乐的旋法特点，音列之间的关系和功能，与庐剧音乐是完全一致的。

例 79　四保上工

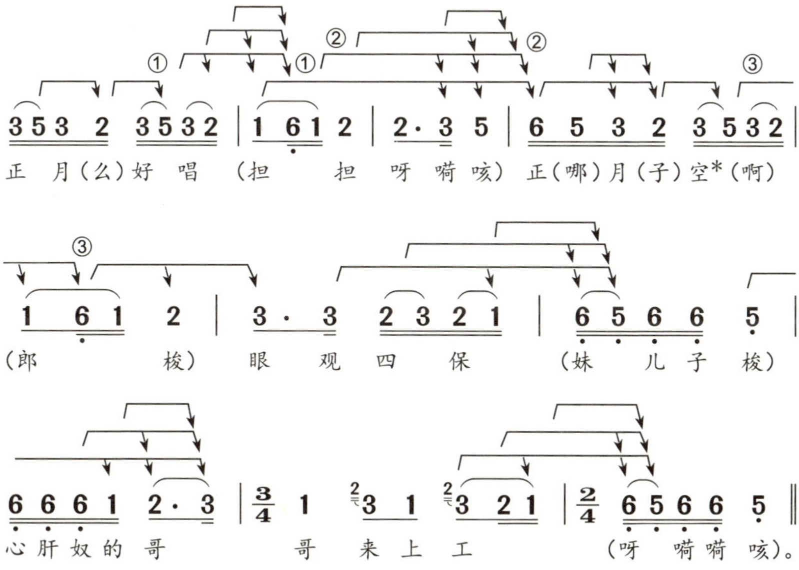

注：* 这句词的意思是说，穷人到了正月，家中就一无所有了。

例 80　舒城花鼓*

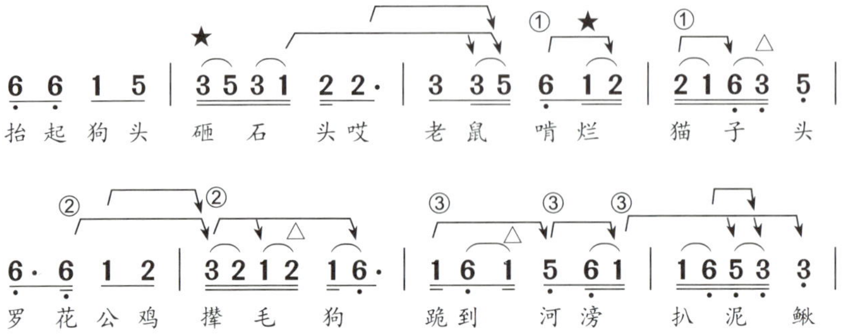

例 81　金银花怎这么香

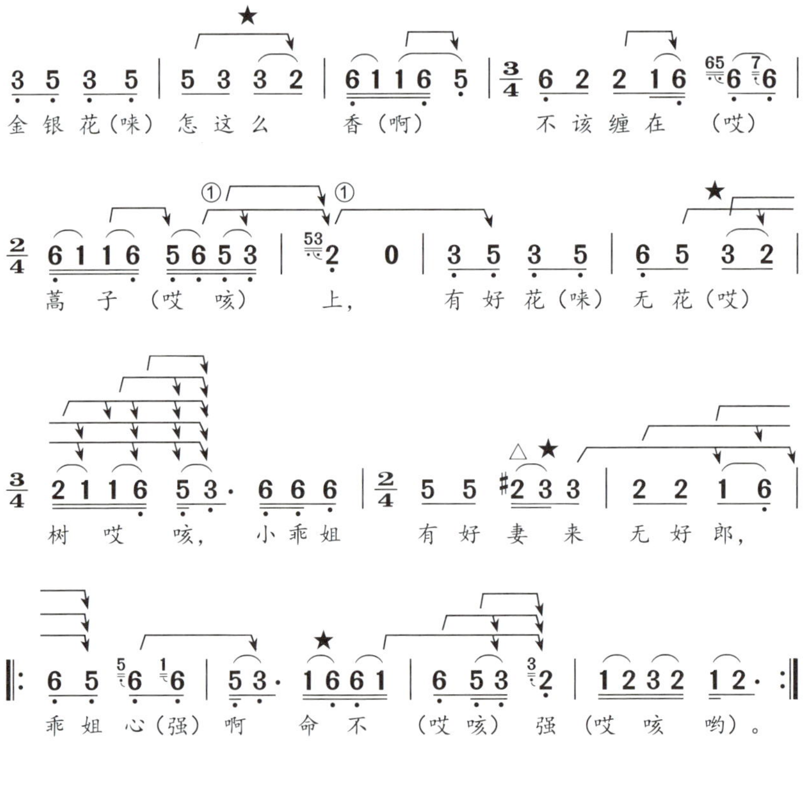

注:* 歌词都是反意,显得很是幽默。★处是缓和音,△处是润饰音,下同。

例 82　梳妆调（词略）

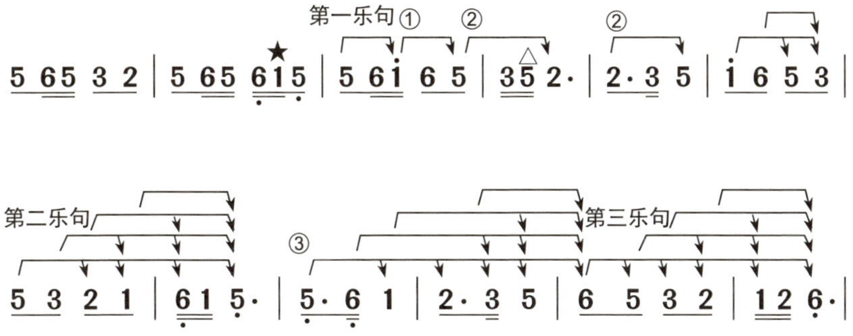

例 80、81、82 中，组成音列组合的邻音之间也是级进关系。音多的音列与音少的音列之间也是延伸或缩短的关系。音的多少也受情绪的制约，如例 79 情绪较压抑，多是四音组合和五音组合；例 80 情绪活跃，就以三音、四音组合为主；例 81 表现的是爱情中夹带怨愁的情绪，更出现了六音、七音的组合。音列组合的前后两组之间也是逆向关系，如例 79 的①“**53216**”与“**61235**”，②“**2356**”与“**6532**”，③“**3216**”与“**6123**”；例 80 的①“**612**”与“**216**”，②“**6123**”与“**3216**”，③“**561**”与“**165**”；例 81 的①“**6532**”与“**2356**”都是这样成对的音列。音组之间纵向的纯五度（四度）关系也很明显，如例 79 的“**3216**”与“**6532**”、“**6123**”与“**2356**”；例 80 的“**612**”与“**356**”、“**653**”与“**216**”；例 81 的“**1653**”与“**3216**”、“**3216**”与“**6532**”；等等，都是这种关系，而在例 82 中则更为明显：第二乐句的“**3 21 | 61 5· |**”和第三乐句的“**5 32 | 12 6· |**”，分别是第一乐句的“**1 65 | 35 2· |**”下方五度和下方四度。

音程转位的音列组合，在民歌中亦常见。

例 83 莲藕情（词略）

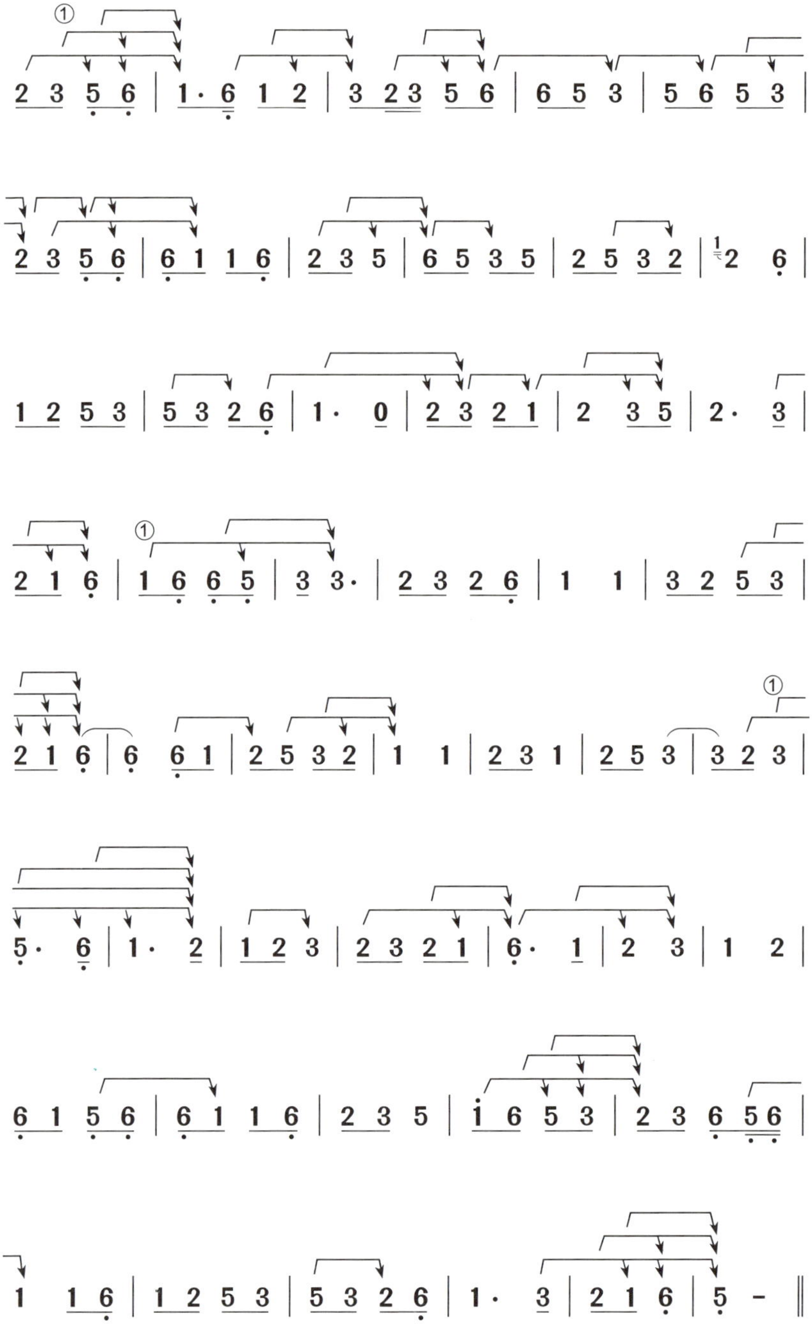

例 83 第八小节“6 5 3 2”的后三个音，是原来应下行的“| 6 5 3 2 |”的后三个音的转位，它如“2 3 5”的“5”是“2 3 5”的“5”的转位，使原来的小三度变成大六度。“3 5 6”与“3 5 6”，“1 6 5 3”与“i 6 5 3”等，都是这种情况。例 83 中出现的不少成对的逆向进行，特别是转位旋律的逆向进行（见①“3 5 6 1”“1 6 5 3”“3 5 6 1”“i 6 5 3”）的出现，“3 5 6”与“6 1 2”、“2 3 5”与“5 6 i”等音列之间的五度关系，都再次证明了上述各种关系的存在。

第三，不仅音列组合一致，而且旋律也十分接近。例 84 是民歌与庐剧唱腔的片段和整段的对照。

例 84

(a)《舒城花鼓》第三乐句结尾：16· 123 | 21656 5 ‖

【二凉】结尾：i6· i 53 | 2i656 5 ‖

(b)《三国英雄数马超》上句：6 66 6 53 | 6 32 ²1 | 6 53 3 |

《拦马调》上句：6 6 2 2 | 3 65 321 | 5352 1661 | 6 53 3 |

(c)《鼓打五更》上句：2 21 6 1 | 2161 6 | 1 53 3 1 | 6· 3 5 |

《铺床调》上句：2 21 6 | 5 6i 6 5 | 3 35 216 | i6· 3 5 |

(d)《穷人妇女要齐心》第三乐句：6 2 1 | 2 21 ⁶1 6 ⁵3 |

“三七花腔”上句：6 6 | 6 2 i 2 6 5 3 | 3

(e)《梳妆调》结尾：2· 5 7 6 | 5 - |

《拦马调》结尾：2 35 3276 | 76 5· |

(f)《四季相思调》第三乐句：56532 261· | 1 1 2 16165 |

3561 1653 | 23⁶1 6 0 |

【二凉】小过台：5 3 5 6 2 1 6 | 6 5 3 1 2 1· | 1 6 5 3 2 1 6 |

3 5 6 1 1 5 6 | 5 3 2 12 ¹6 – |

(g)《牧童对歌》第六乐句：22 1 2 1 6 ⁵3 |

《三七循板》：3 2 3 1 33 12 6· 5 3 –

(h)《道情调》第一乐句：5 6 3 3 2· | 5 3 2 1 6121 6 5 | 5

《赶路调》第一乐句：5 6 3 3 2· | 5 3 2 1 6121 6 |

例 85

不隔黄土半寸深：6 6 6 5 | 6 5 3 | ³2 – |

端公调：5 6 1 6 | 6 5 3 2 |

6 2 | 3 5 3 | 2 ¹6 | 6 6 | 2 3 | 53 2 1 |

653 2 3 | 5 3 2· | 2 2 356 | 653 2 1 |

¹6 6 6 | 2 ¹6 | 6 5 3 | 5 2 5 | 3 2 ¹6 | ⁶5 5 ‖

2 3 | 6 5 3 2 | 21 6· ‖

例 86

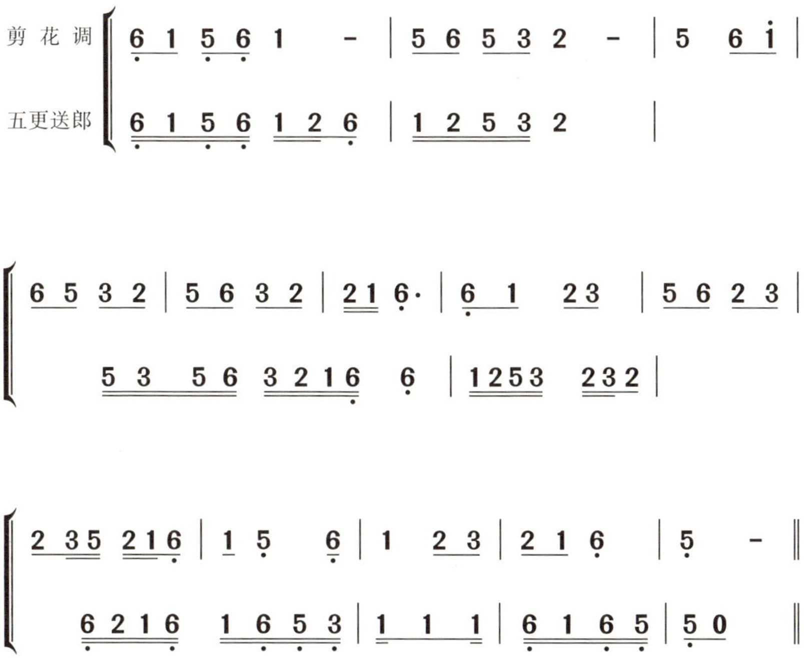

例 87

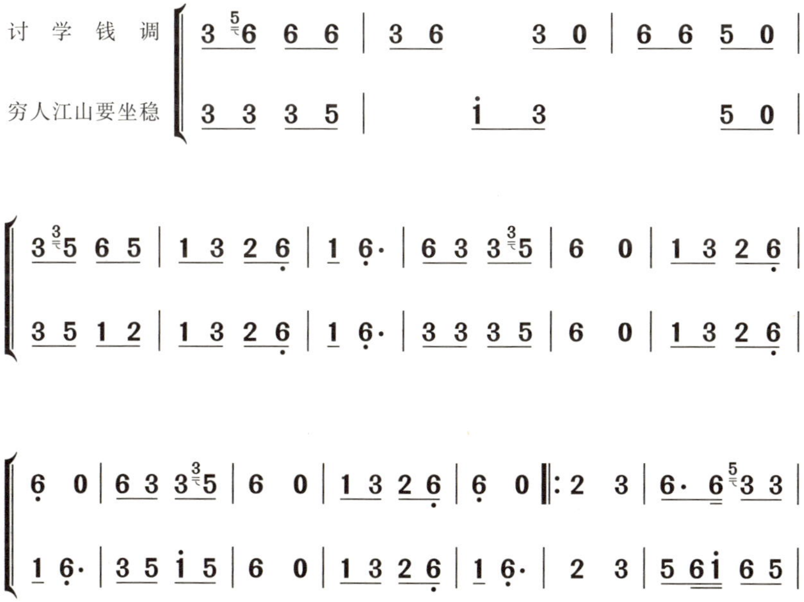

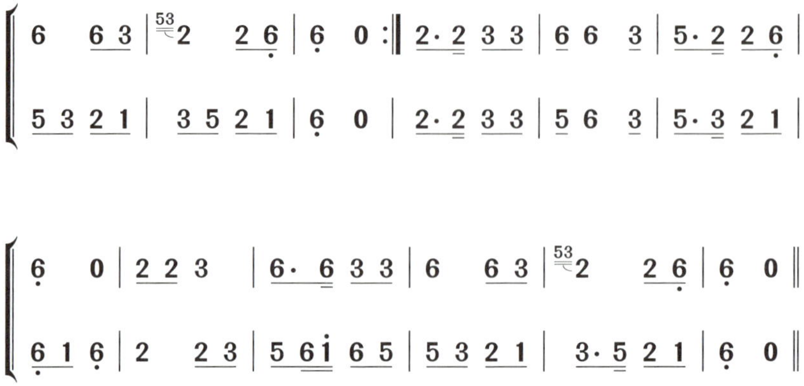

例 88 的上行，是从霍山县太平公社收集来的小调《打补丁》，下行则是中路《打补丁》，两者的旋律大致相同。

例 88

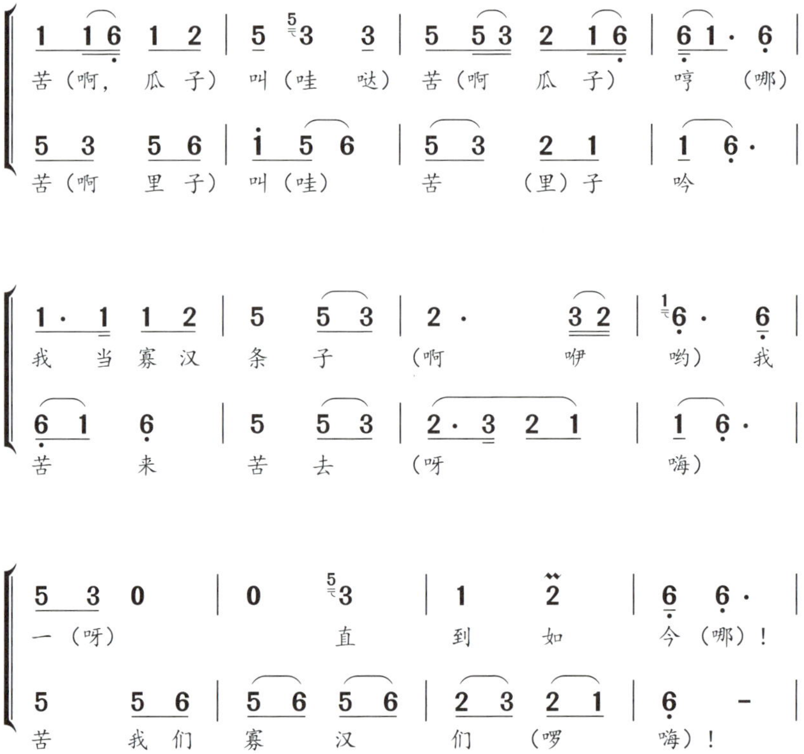

第四，不仅如此，在已被承认是庐剧花腔小调的曲牌中，有些还保持着民歌或花鼓的本来面貌。如例 89 的《六安花鼓》就被一字不动地用在庐剧早期剧目《打砂锅》中。

例 89

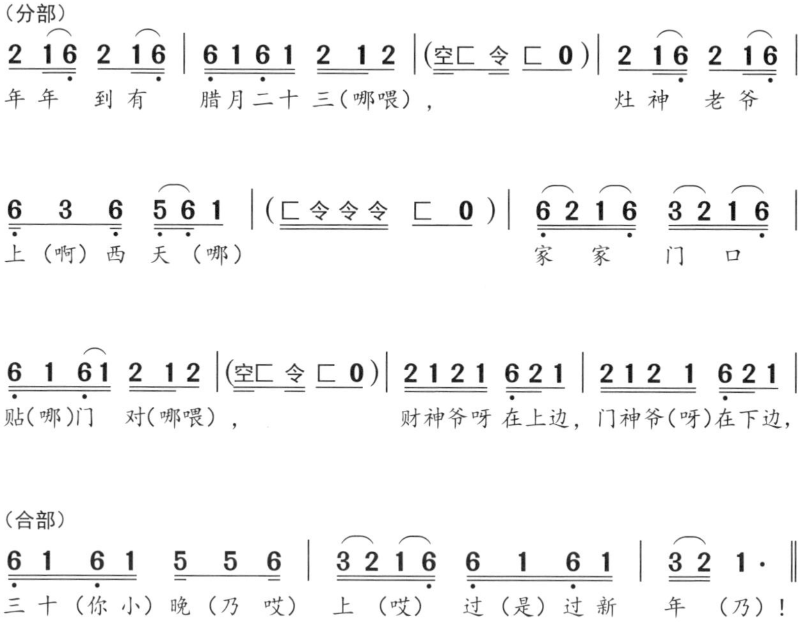

第五，在曲式方面，皖西地区各种民间音乐中，不仅有对仗，而且有起平落、分而合、起承转合等曲式。其中，对仗的两个乐句以及起平落、分而合的起部、分部和落部、合部，即是庐剧主调类唱腔中的上、下句和连词、过台这三个主要结构的雏形。如例 89 即是分而合。下面两首是红军时期通过给民歌填新词创作出的歌。

例 90　红军到金寨(对仗)

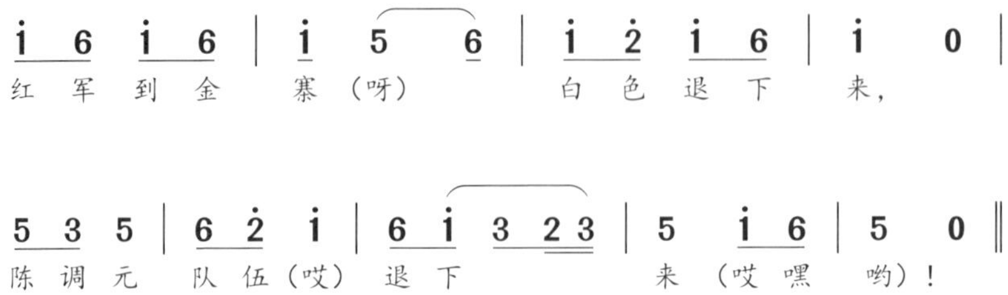

例 91　人民坐天下(起承转合)

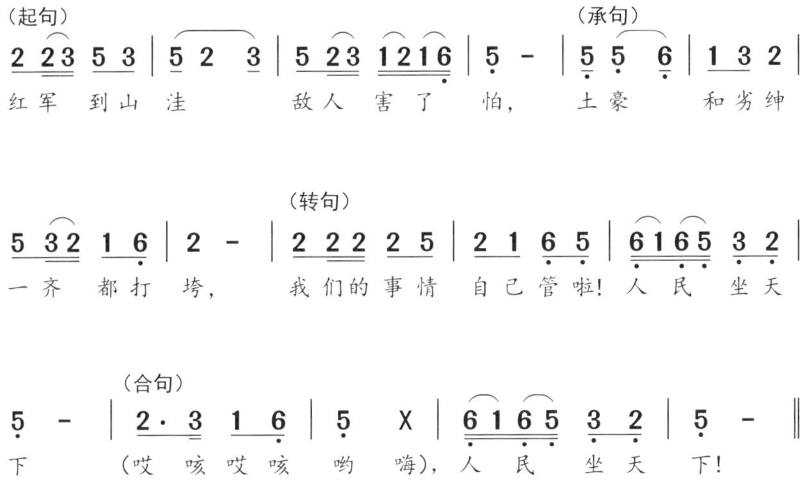

例 91 至 94 都是起平落曲式,但例 93 是最完整的。我们从中可以看出起平落曲式的不同形式与主调类唱腔的结构形式的关系。

例 92 是六安锣鼓书的一种唱法。它的起部由单乐句组成;平部取材于起部,可自由反复,字多腔少,节奏紧凑,与起部形成对比;落部最后三小节气息、旋律都回到起部,造成呼应。

例 92　词略

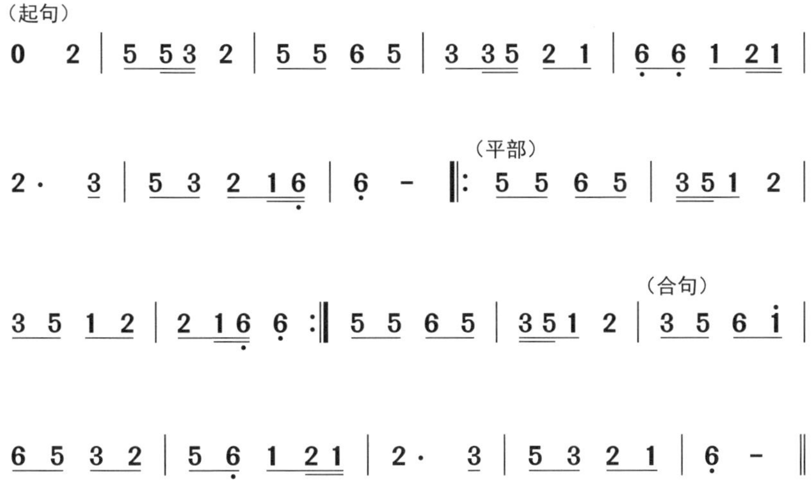

例 93 是金寨的《打花棍》，是演唱人一边打花棍一边演唱的一种门歌。它的起部由上、下句组成（下句最后一小节与上句最后一小节是纯五度关系）；平部仅四小节（前两小节和后两小节重复），虽是两句词，实质是一个乐句，正因为此，给人的直觉是节奏紧凑了（如前所述，连词中也经常出现这种情况）；落部用的是起部的素材，也是两个乐句，但由于节奏拉宽，给人以终止感。

例 93

例94是六安东乡花鼓（灯歌）。我们从中不仅可以看出它的起平落更接近上、下句和连词、过台，而且它的平部与连词一样，也是从下句开始的，更可见主调类、花腔类中眼上起的节奏的来源（民歌中《斩板山歌》亦是这样，见例95）。

例94

注：曲谱中①似《三赶》，②似【二凉】，③似《拦马调》。

例 95

(a)《一朵鲜花土里埋》(片段)

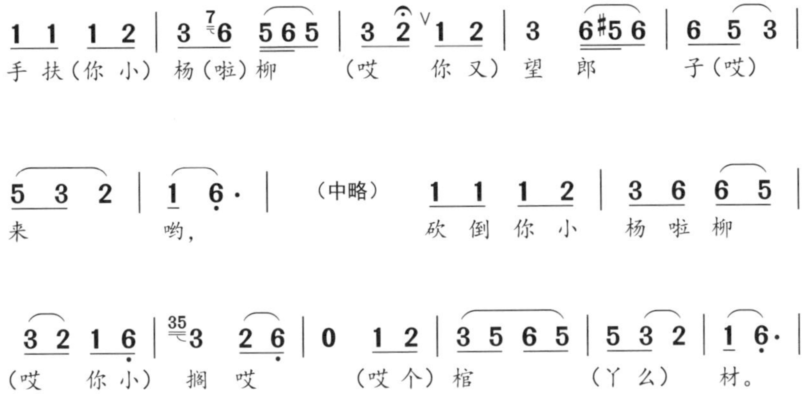

(b)《天上浮云赶浮云》(片段)

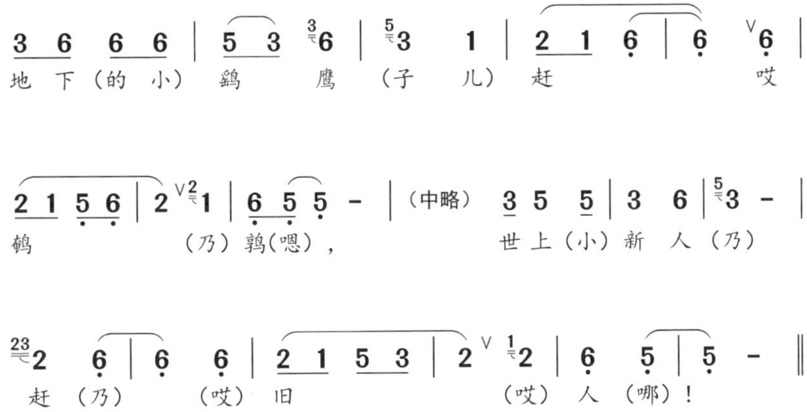

第六，庐剧唱腔中的各种调式、调性转换，都可在皖西民间音乐中找到源头。

例96是角调式与下方大二度的商调式的对置式交替，并用两个调式的共同支柱音“羽”作为媒介过渡。

例96 不织绫罗唱山歌

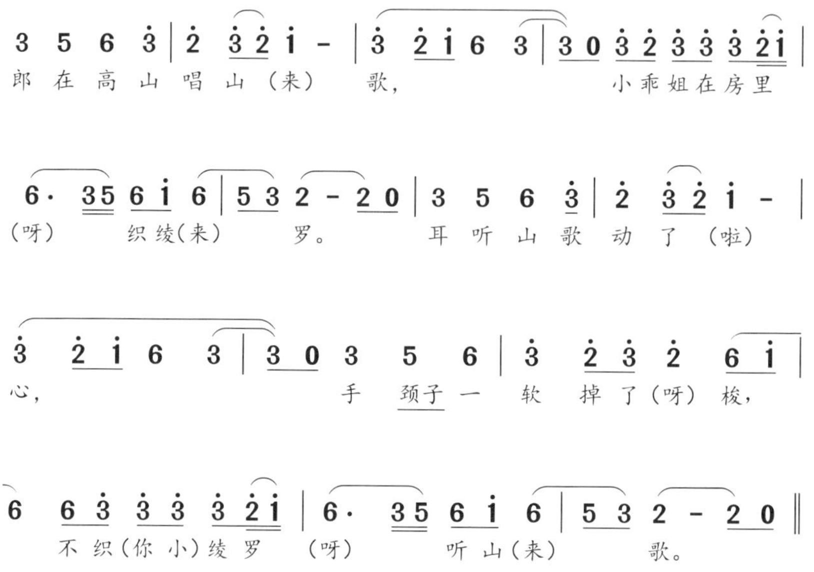

例97是羽调式与徵调式对置式交替。

例97 手扶栏杆调

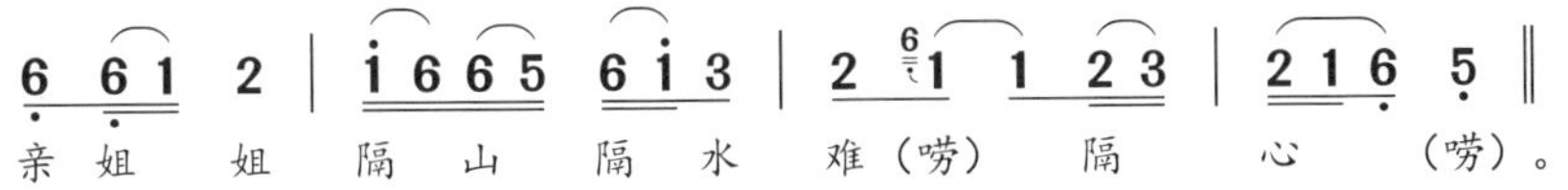

例 98 是羽调式与徵调式非对置式交替。

例 98　梳头调

例 99 是异宫系统的调式转换（D 宫调系统的徵调式转 A 宫调系统的宫调式）。

例 99　活捉张三调

例 100 是六安民间吹打乐的一种曲牌。第一牌联系前面旋律来看是 D 宫调系统的徵调式；第二牌是 G 宫调系统的徵调式；第三牌同第一牌；第四牌是 G 宫调系统的商调式转同宫系统的宫调式，再转羽调式。

例 100 七星寿（片段）

1＝D

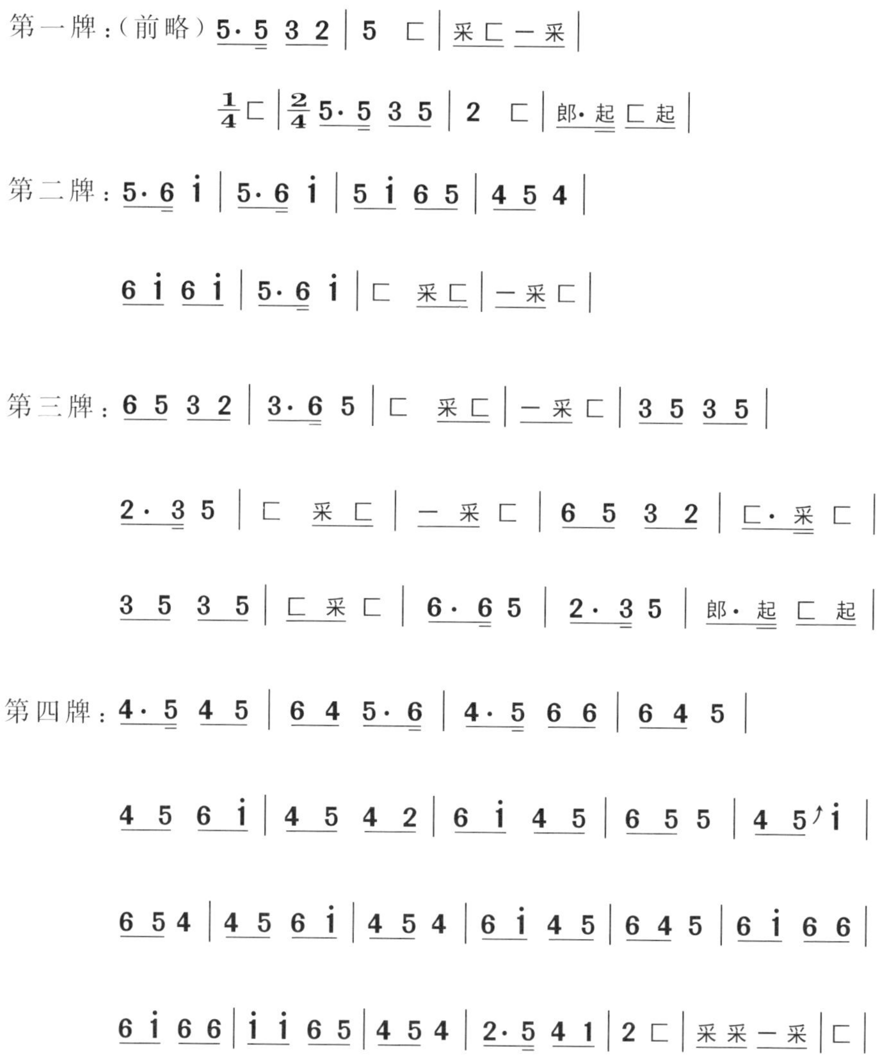

第五牌：（略）

第七，两者的发展手法也是一样的。除前面已阐述的调发展外，还有庐剧唱腔中常用于乐句发展的“用头改尾”“用尾改头”“头尾相接”的手法，在民歌中亦常见。

1.“用头改尾”

例 101

庐剧【二凉】

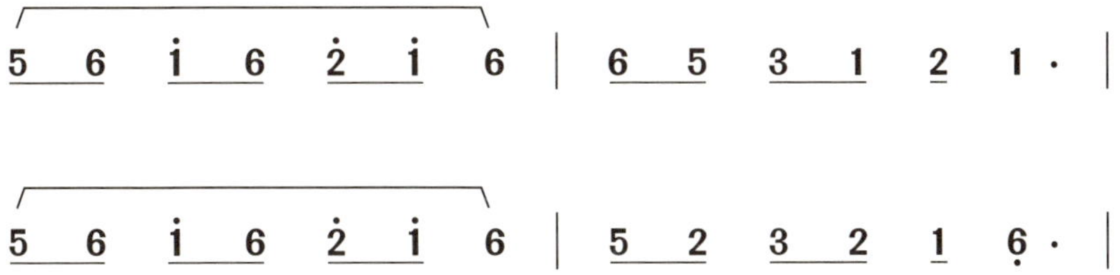

民歌《十二月飘》

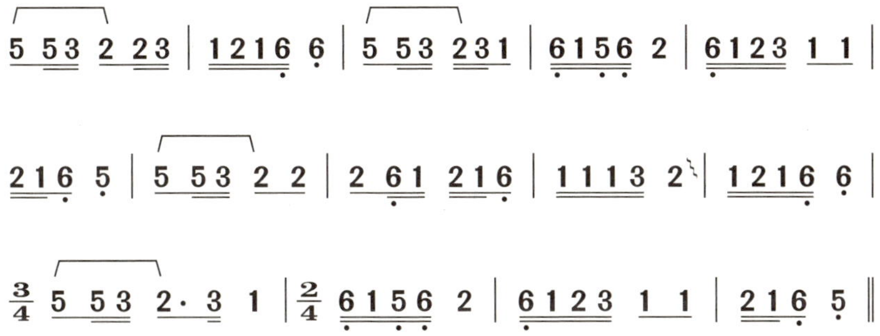

2.“用尾改头”

例 102　庐剧【寒腔】

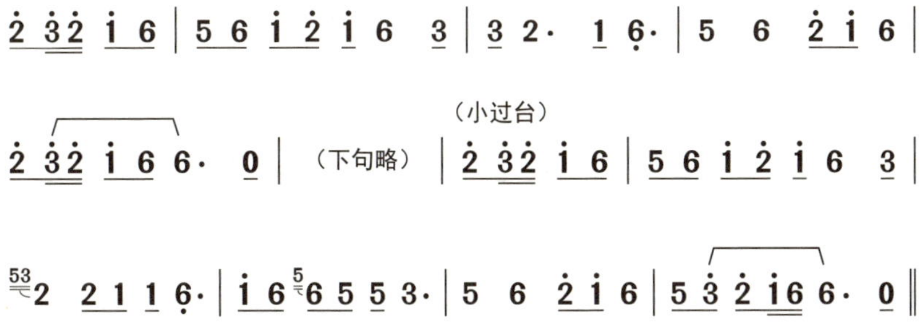

民歌《鼓打五更》

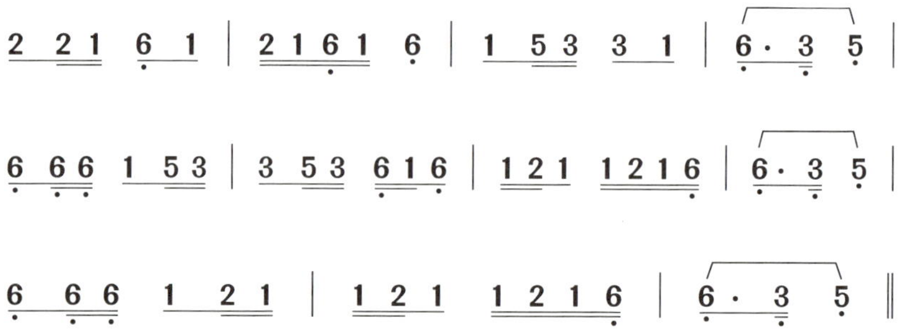

3.“头尾相接”

例 103　庐剧【二凉】

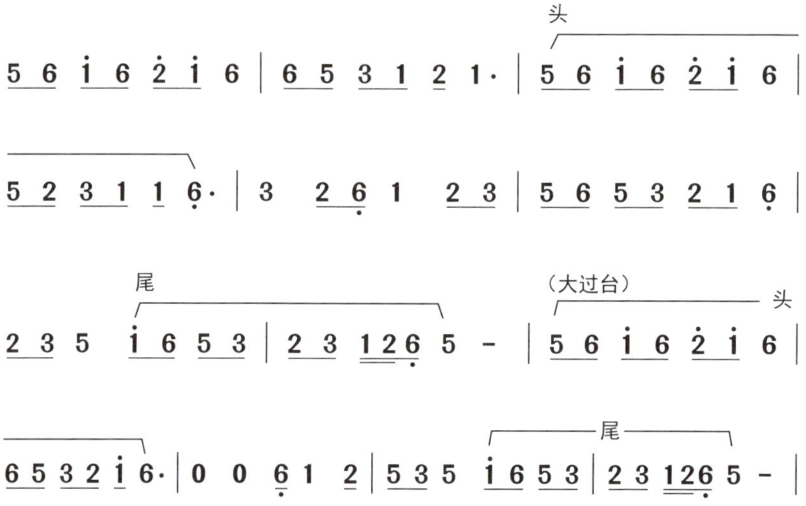

民歌《送郎送到清水河》

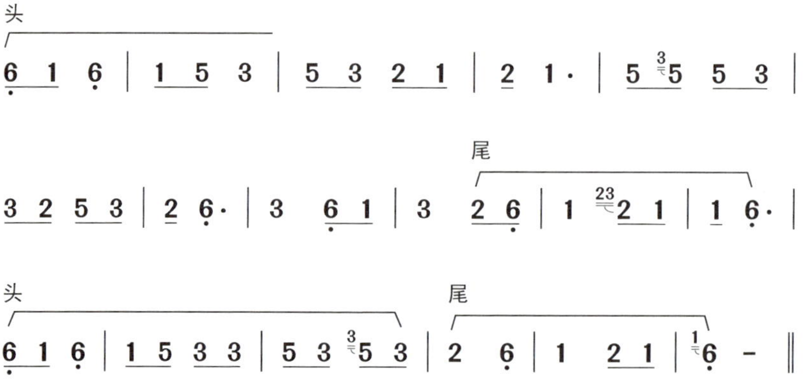

庐剧唱腔中常用的重复、模进、移位、紧缩、扩展、加花等手法，在上、下句的基础上发展成其他结构形式，已见上述，这些手法在民歌中亦极为常见。

1. 重复、模进

例 104　眼望乖姐靠门庭

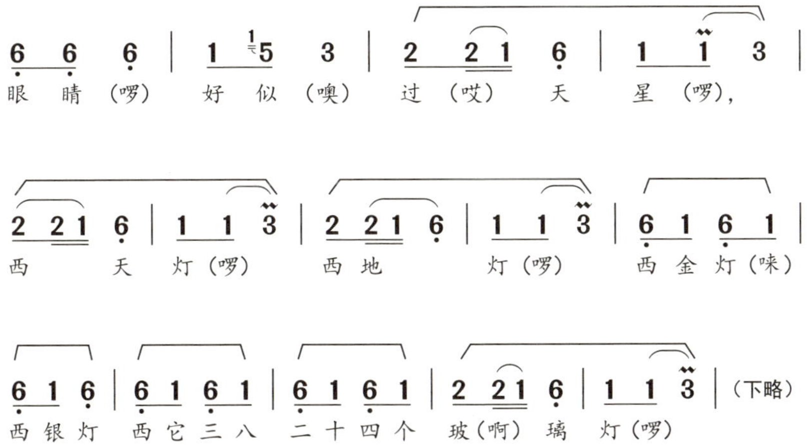

2. 移位（见例 82）

3. 紧缩（见例 94）

4. 扩展（见例 99）

第五乐句是第一乐句的扩展。

5. 加花

如，舒城民歌《四季相思》中，把“5 5 6535 | 32 - |”加花成“5356 6535 | 231 1 |”。

庐剧唱腔的演变，先由皖西民间音乐、端公戏向二小戏、三小戏的花腔类曲牌演变，再向主调类演变。

鉴于主调类声腔，无论在结构、曲式，还是在表现功能等方面都比花腔类曲牌完善、复杂、丰富，庐剧最早的剧目是二小戏、三小戏（即所谓“找戏”——如《打砂锅》《打桑》《骂鸡》《看相》等），因此庐剧最早的声腔，无疑是用于二小戏、三小戏的花腔类曲牌。

花腔类曲牌与皖西民间音乐、端公戏的关系见前述。这是后者向前者演变的一个佐证。历史地辩证地看，这个演变又是很自然的、顺乎民情的、顺乎戏情的。原因有三：

一是民歌中有些小调的唱词本来是带有某种故事性的。如前面提到过的《活捉张三调》是说水浒故事的，再如例105是说三国时期故事的。

例105

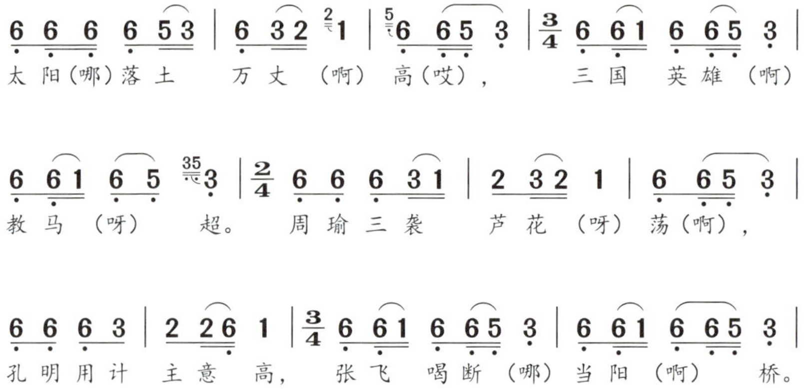

二是门歌(锣鼓书)、灯歌(花鼓)，都以演唱故事为主(如过去有的艺人就用门歌演唱《郭丁香》)。但是，从目前已搜集到的资料来看，它们囿于种种条件，都是或“指柳唱柳、指桑唱桑”(行话叫“水词”)，或唱些吉利话，或说典故，或说某个故事的梗概，或有情节而无表演。而群众则要求既有表演又有情节，说唱有头有尾的故事的载歌载舞的形式，二小戏、三小戏遂应运而生。

三是这些剧目从内容上看，多取材于当地人民生活，或是从上述演唱形式的内容中蜕变出来，是当地人民十分熟悉的。这些剧目的演唱需要有与之相适应，为当地人民所熟悉、所理解和接受，符合他们欣赏习惯的唱腔。这些民间音乐及演出形式，特别是灯歌、端公戏，既有锣鼓伴奏，又有表演，还有帮腔，而且本身就是化了装载歌载舞地演唱故事，煞是热闹有趣，把它们的唱腔“拿来”，作为二小戏、三小戏的唱腔，是顺理成章的事。诸如《打砂锅》《采茶》《打补丁》等戏，用的就是民歌、灯歌的原来曲调。原来唱庐剧的艺人都是唱门歌、灯歌、端公戏的，庐剧老艺人都会唱门歌、灯歌、民歌、端公戏，也说明了这一点。

然而，二小戏、三小戏毕竟是戏，它有情节，有人物，需要表现剧中人物的性格，这就促使了唱腔的发展。其具体表现在三个方面。

一是在某一个唱腔的基础上，发展同种的不同唱法的唱腔。这方面问题，我已在前两章阐述过了，现仅举一例说明。

《献宝》(例16)的转句的前半截 1̇ 6 53· | 6 6 3 5 | 1̇ 6 1̇ | 6 5 5 | 通过发展而成了《献宝》剧中的另一个曲牌：

例 106

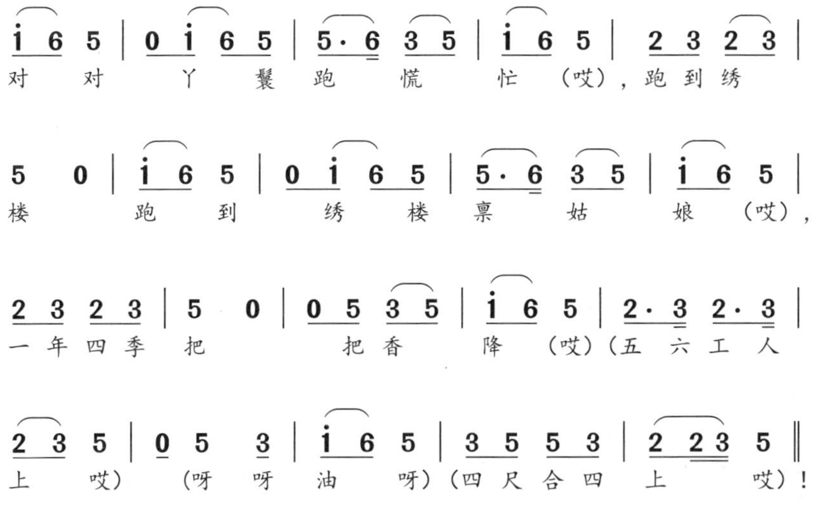

《献宝》的整句“转句” 1̇ 6 53· | 6 6 3 5 | 1̇ 6 1̇ | 6 5 5 | 6 5 3 5 | 3 2 1 | 2 23 5 ‖，又发展成《看相调》：6· 3 3 5 | 6 6 1̇ | 6 5 5 | 3 1̇ 6 3 | 5 2 3 | 2 1 2 |。

二是在一个戏里用两种或两类不同的曲牌。如前面说过的，在《打桑》一剧中，女儿唱的是以“3 2 1 6̣ (5̣)”音列组合为特点的，母亲的唱腔则是以“i̇ 6 5 3”音列组合为特点的。而花鼓中另一种以“5 3 1 6̣”为特征的曲调又衍生为亦以此为特征的曲牌，如例 107《对药》即是。

例 107

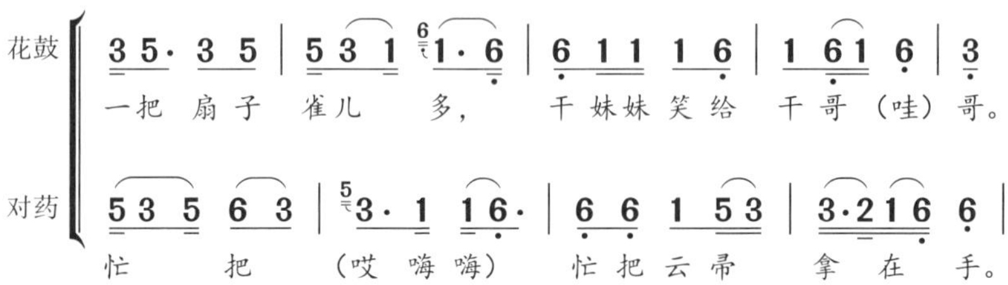

三是吸收外来营养，并使其“庐剧化”。如例 108 上行是淮北的《莲花落》，下行是上路《三赶调》的唱腔，但下行省去了上行有浓郁淮北《莲花落》色彩的衬腔衬词，加入了富有庐剧旋法特点的“(5)3 2 1 6̣”的音列组合。

例 108

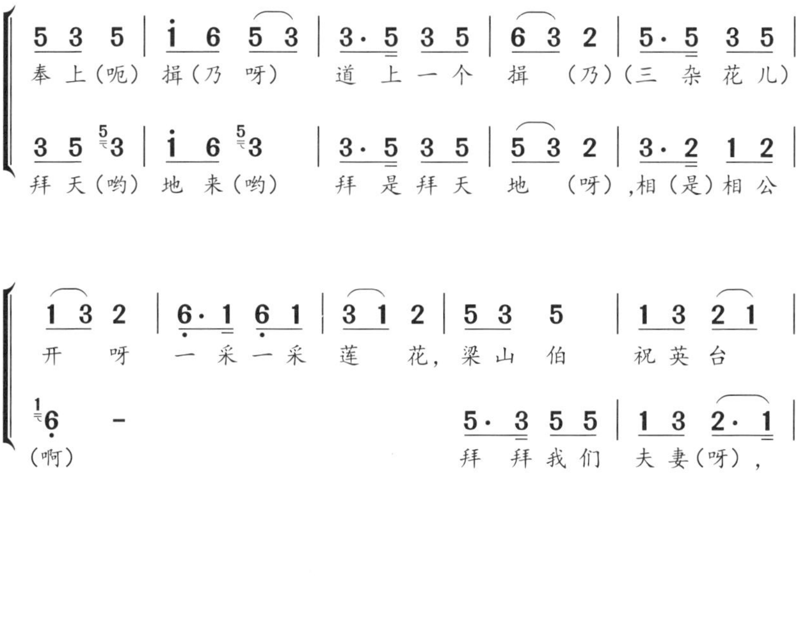

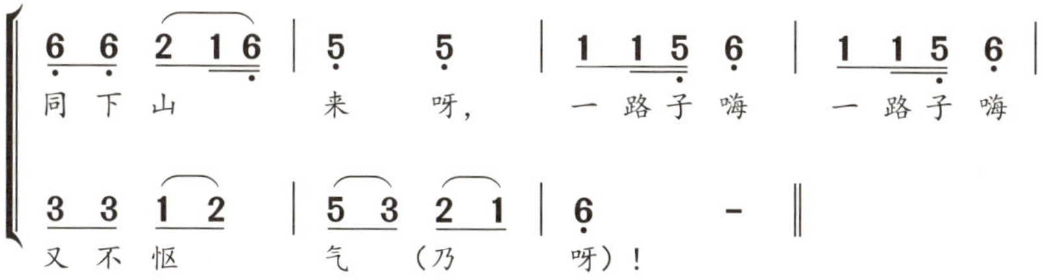

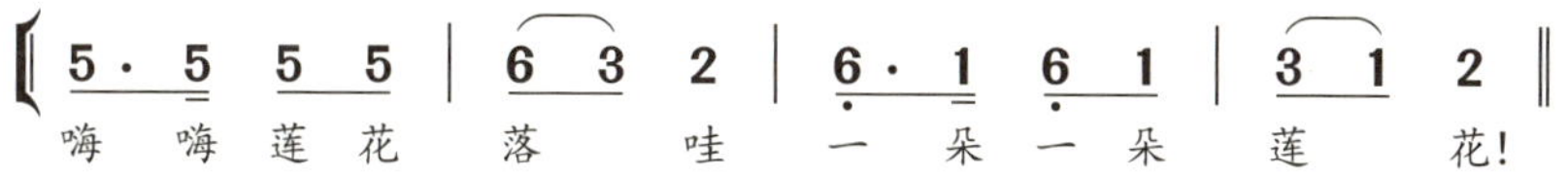

再如，例 109 是《献宝》一剧中的另一个唱腔，亦名《打五扇》。它直接来自淮北地区民间艺人边连用扇子打自己五下（肩、腿部各两下，胸部一下）边演唱故事的《打五扇》，但是它省去了“**6♯4 5**”这个带有鲜明淮北民间音乐色彩的乐汇，吸取了六安民歌《十把小扇》的旋律，并加上锣鼓和衬词衬腔，使情绪更加活泼。

例 109

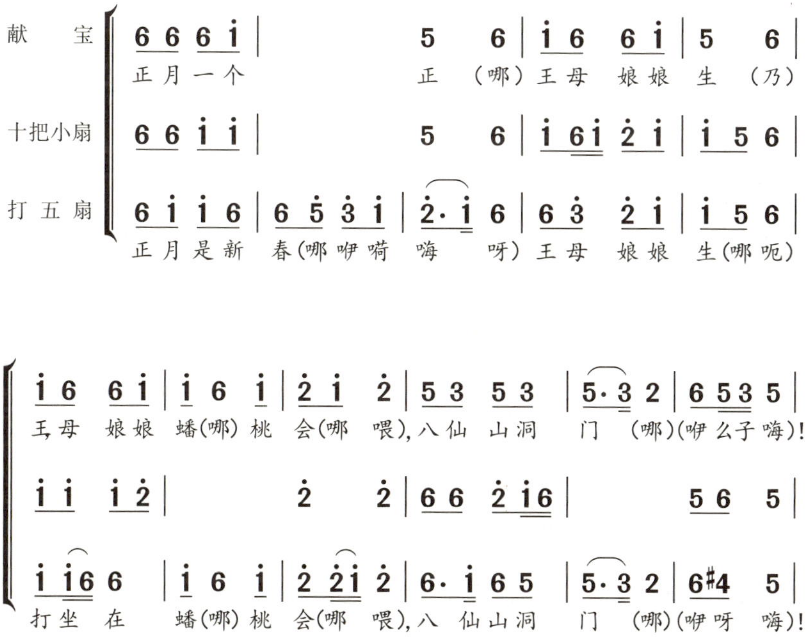

花腔类曲牌发展成主调声腔，是以前述两类花腔曲牌为母体，分别发展为【二凉】【寒腔】和【三七】（含【寒三七】）以及由此衍生出来的行当唱腔和端公词（中路、下路）的。

随着庐剧剧目的不断增多，剧目内容日趋丰富，情节也变得曲折复杂，行当也日益增多，促使花腔类曲牌发展为主调类曲牌。这一步发展，是以两类花腔曲牌为母体分别发展的。

以“(5)3 2 1 6 5”音列组合为特征的曲牌，发展成【二凉】【寒腔】（由此衍生的行当专用调和《端公调》可见上述）。

此类花腔的音列组合为“(5)3 2 1 6 5”，它的对置式或非对置式羽调式与下方大二度徵调式的调式交替（或单一的羽调式，或单一的徵调式），与【二凉】【寒腔】是一样的。两者的旋律也相似。

例 110 仅以上、下句为例

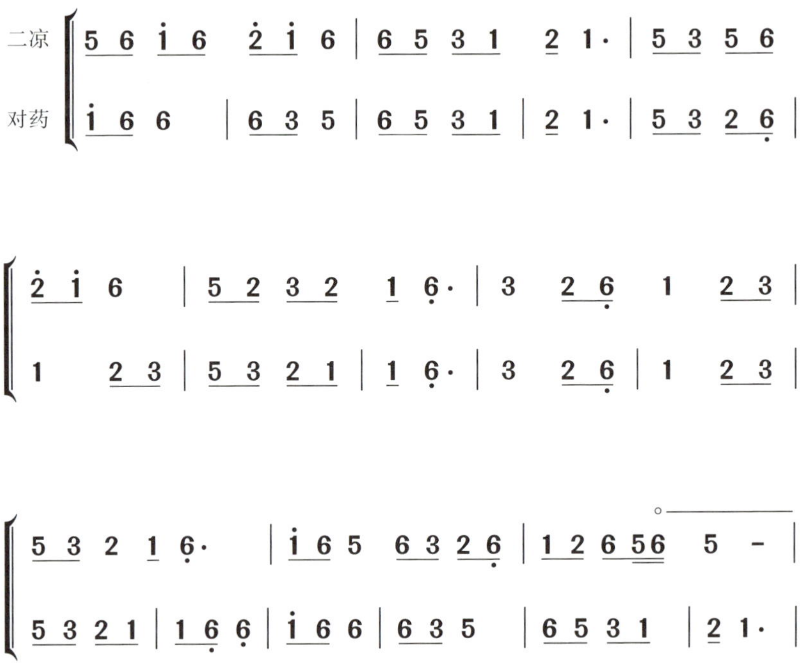

【寒腔】上句片段：3 5 i656 | 5 2 3 2 1 6· |

《打补丁》片段：3 5 6 | i 6 5 6 | 5 3 2 1 | 1 6· |

例 111

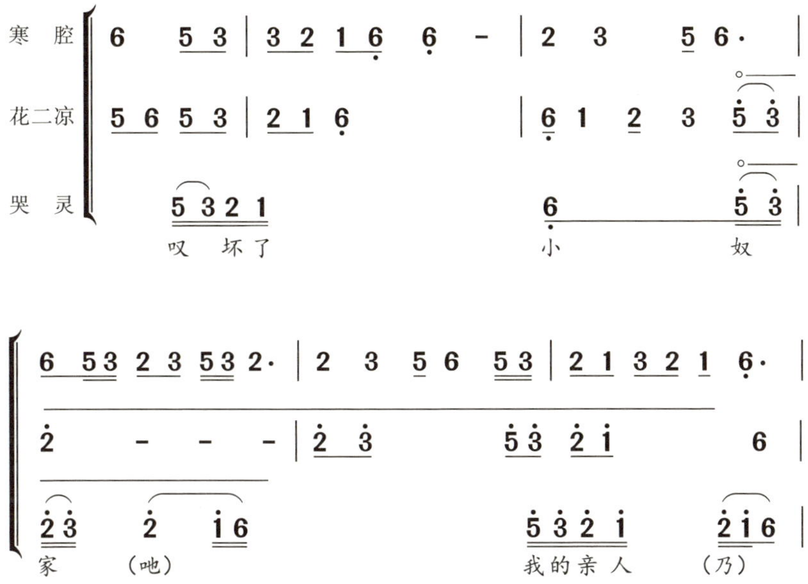

以音列组合“i 6 5 3 2”为特征的曲牌，发展成【三七】。它的对置式或非对置式角调式与下方大二度商调式的调式转换（或单一的角调式，或单一的商调式），与【三七】是一致的。两者的旋律相似。

例 112

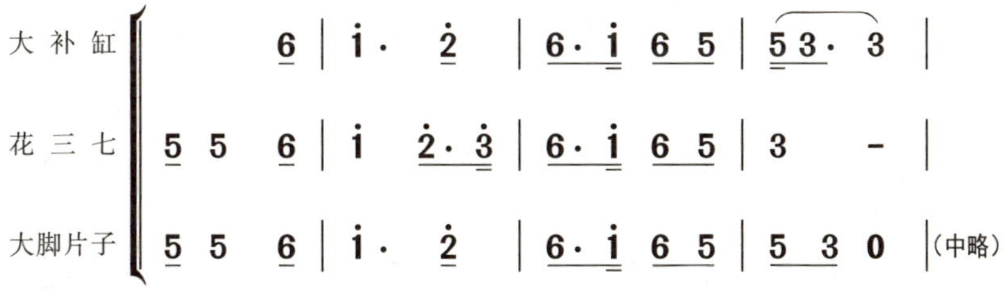

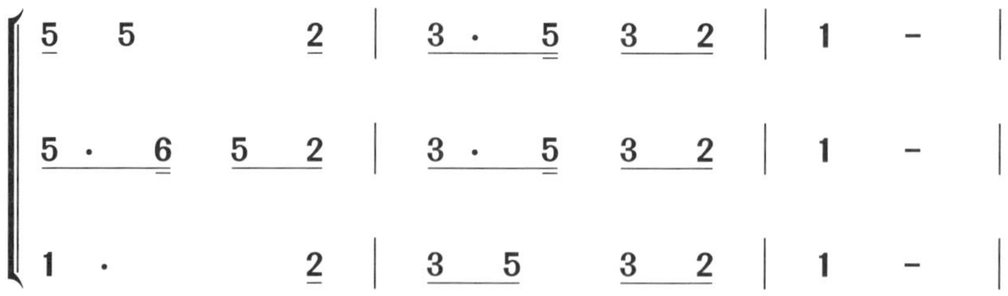

我们可以从《鬼对子》中找到【花三七】的踪迹。

例 113

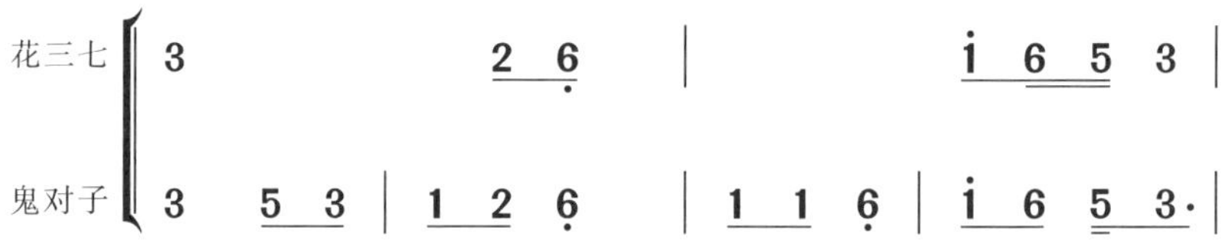

如果把《拦马调》转调部分移高四度，和《醉酒调》的吆台部分连接起来，恰恰是【三七花腔】的宫调式部分。

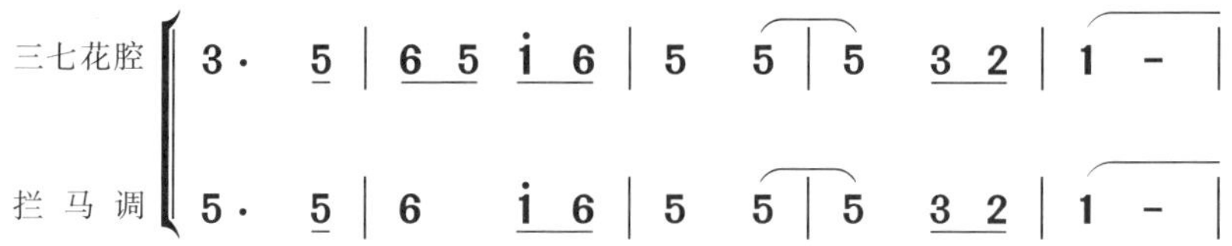

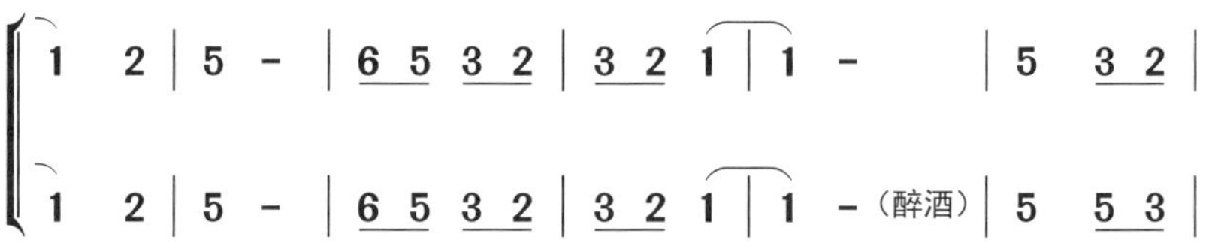

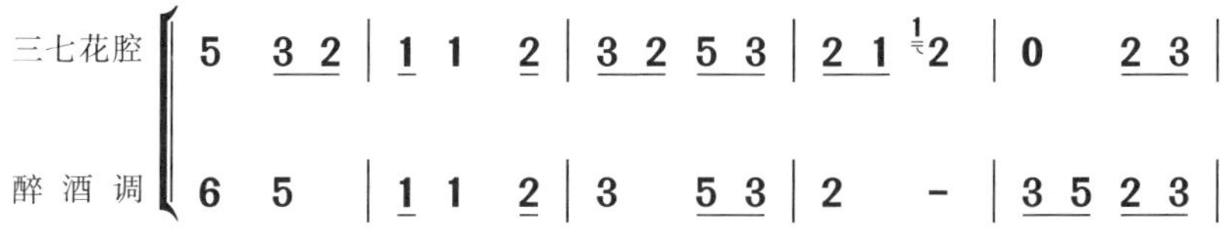

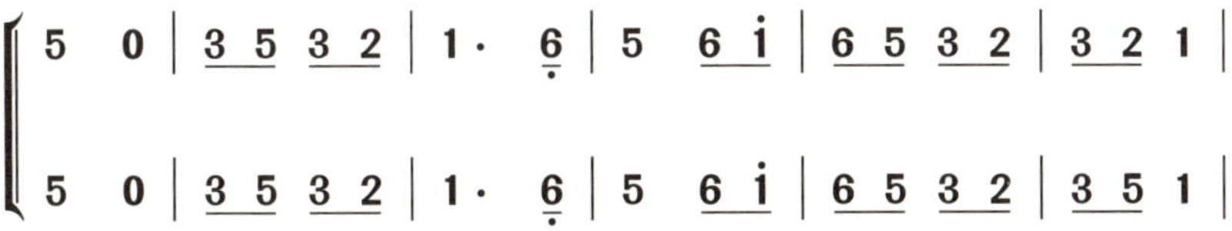

例 114 是《点大麦》与【三七花腔】的比较，后者只是在前者的旋律上加入了七小节重复词和衬词衬腔。《点大麦》最后七小节又与移高四度记谱的《拦马调》结束句相似。

例 114

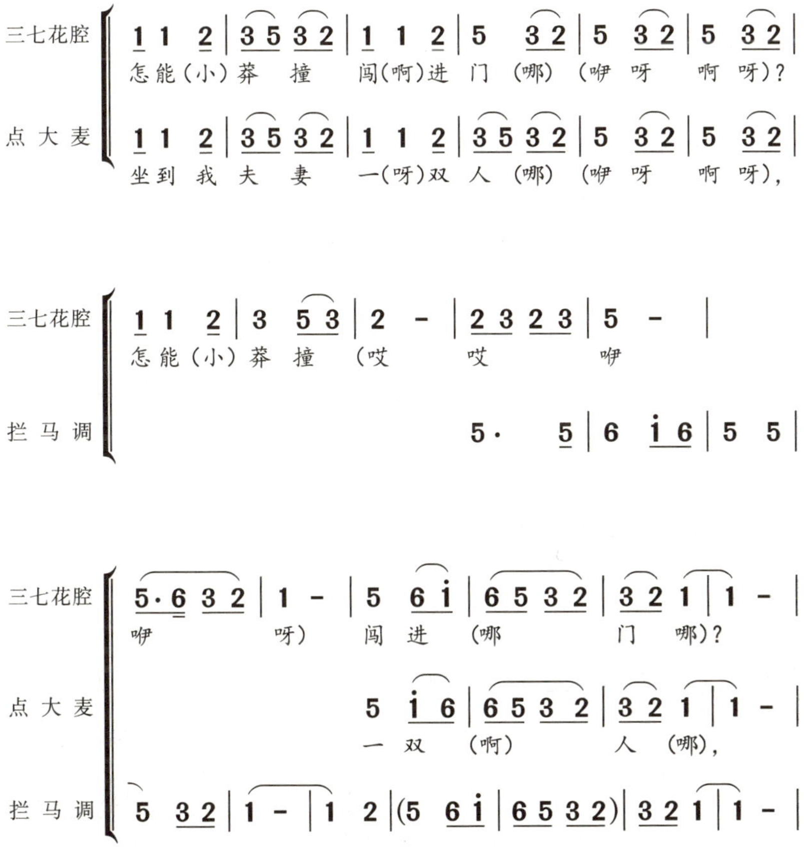

端公戏中的《鬼调》与【三七】的血缘关系是很清楚的。

例 115

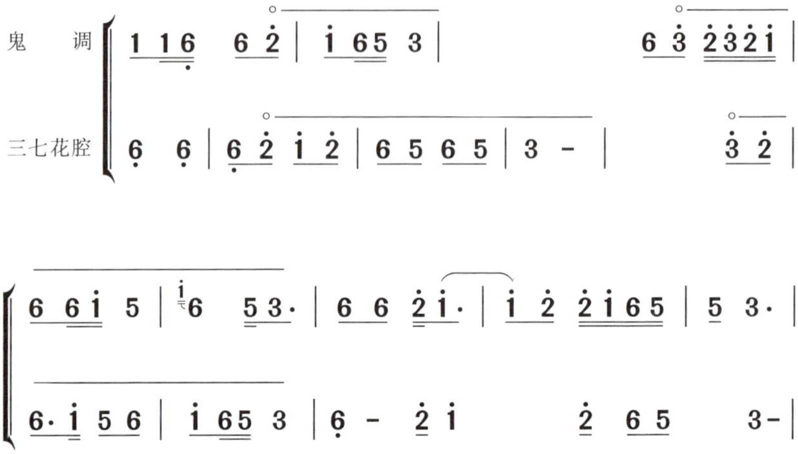

例 116《打桑》共二十八小节，仅十小节是歌词，这十小节来自民歌《打花名》。它的动机“5 3 2”在第十五至二十小节得到展开，而成为【三七花腔】中转为宫调式的那一部分旋律的基础。

例 116

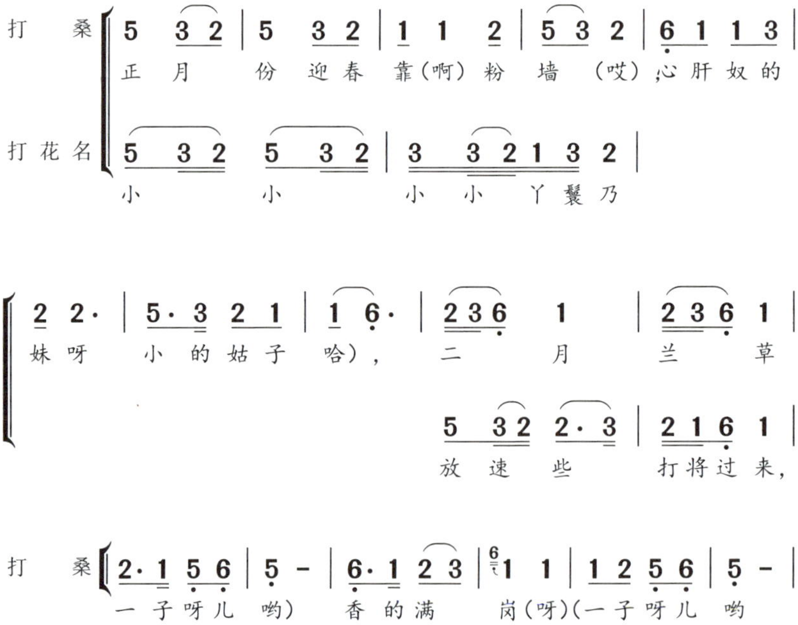

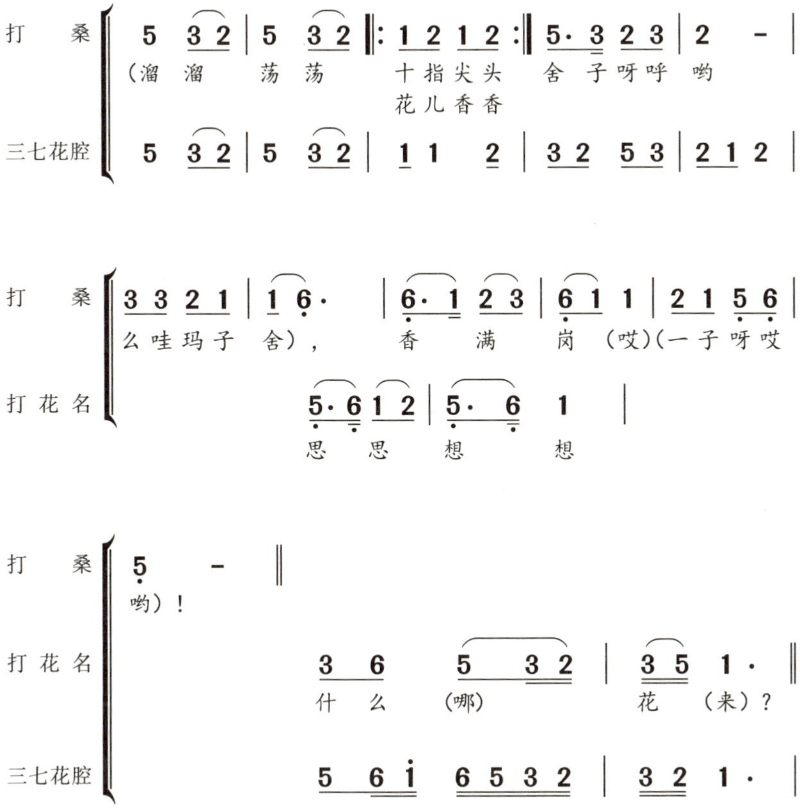

【三七】中的【寒三七】来自上路花腔类中以“5 3 1 $\underset{\cdot}{6}$”音列组合为特点的曲牌。例 117 是上路《采茶调》（又名《对药》）与“寒三七”的对照，两者极为相近。

例 117

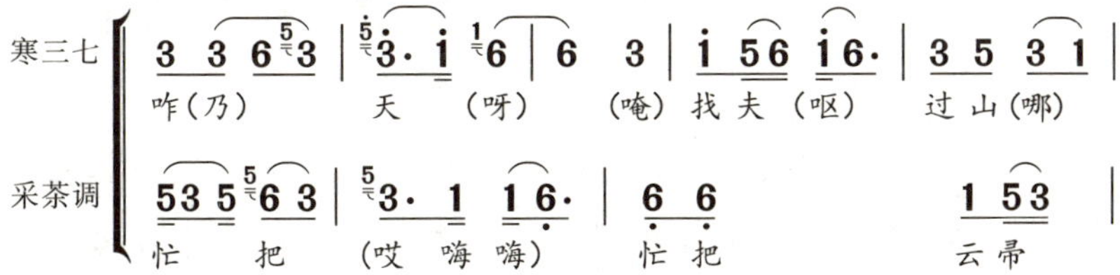

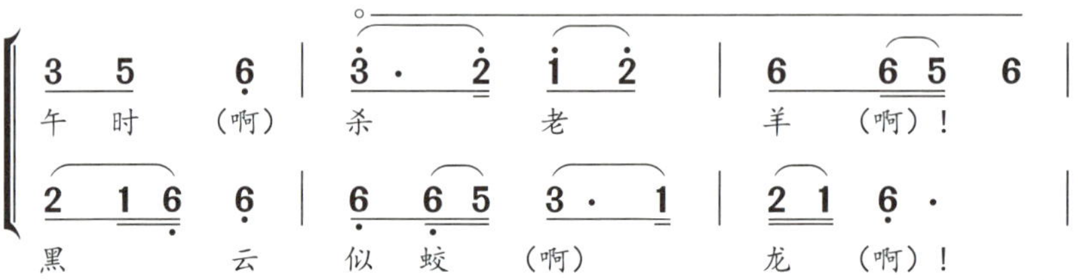

例 118 是西路老艺人演唱的庐剧传统戏《红灯记》中的选段。它用锣鼓经分为《神调》、《花鼓》、庐剧（【采茶】【寒三七】【二凉】）、《花鼓》等四个部分，是一个很值得研究的唱腔。

例 118

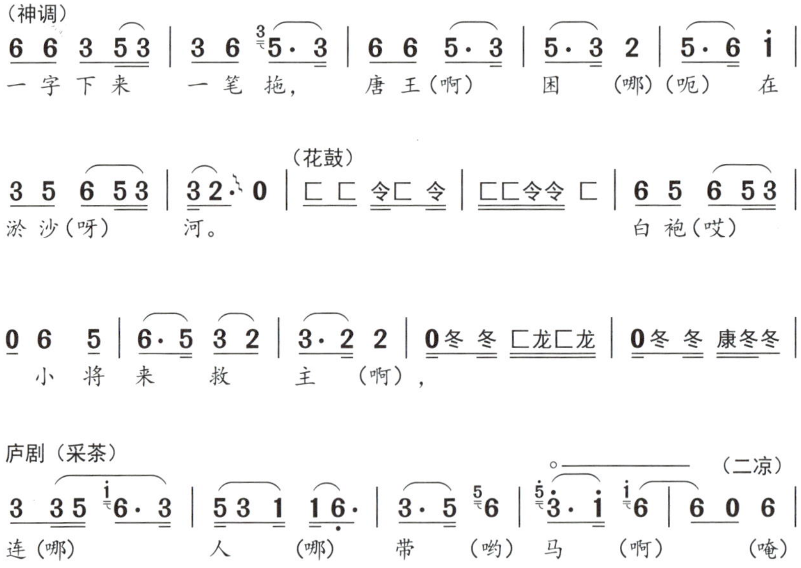

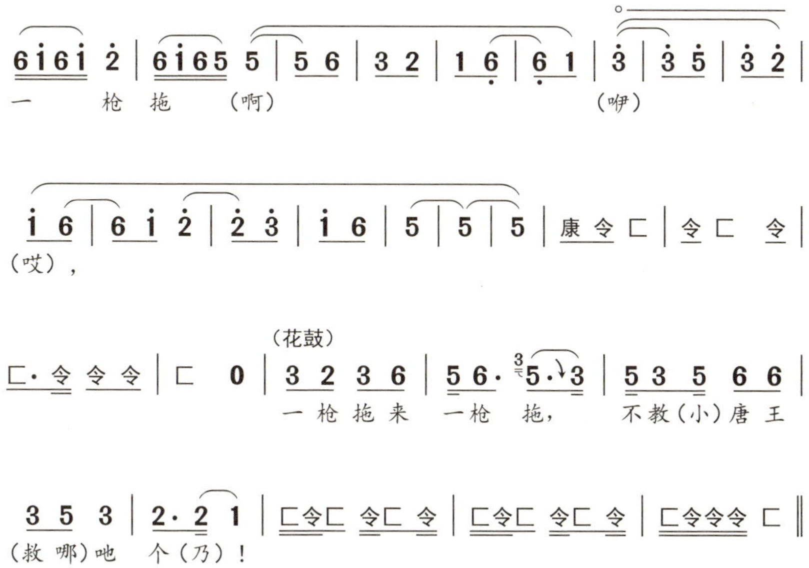

这段唱腔开头的《神调》取材于例 119《六安花鼓》的前四小节，然后稍加扩充而成。后面的《花鼓》部分（包括锣鼓）与例 119 是一样的，只是旋律略有变化而已。

例 119

这几个部分连接起来之所以很自然，是因为：一是《花鼓》的音列组合“6532”“5321”，分别是【二凉】的音列组合“2165”的下方四度和五度；二是《神调》本身就是从《花鼓》中蜕变来的；三是在例 120《金寨花鼓》中，它的上句与《采茶》是一致的，它的结束句又与【二凉】一致，将它的节奏稍加变化就成为：

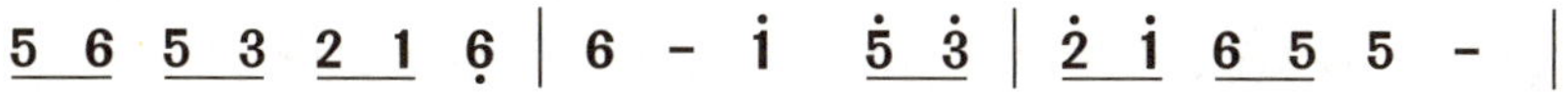

也就是说，《采茶》(【寒三七】发展的基础）与【二凉】的音调本来就融合在同一曲牌中。它们之间有着如此的关系，连接起来自然是流畅的。

例 120

像这样一个曲牌中有两个主调类唱腔的情况，在民歌中也是存在的。例如，《独占花魁》的开头两小节 1 16 12 3 | 216 5 |，将其节奏拉长一倍，就与【二凉】小过台的最后两小节相同：6 – 1 5 3 | 2 1 6 5 – |；它的最后一个乐句 5 56 1 | 6165 53· | 5·5 5 2 | 3·5 3532 | 1 – |，将节奏略加变化，就与《担水》的结尾相同：5·6 1 2 | 6165 3 | 0 5 2 | 3532 161 |；若将它的节奏变化得稍大一点，则与【三七花腔】的下句相同：5 5 6 | 1 2 | 6·1 6 5 | 5 3 23 | 5·6 5 2 | 3235 2·532 | 1 – ‖。

综上所述，我们可以清楚地看出，庐剧唱腔起源有三：民歌、灯歌和门歌、端公戏唱腔。它们先演变成庐剧花腔的两大类曲牌，这两大类曲牌又演变成庐剧主调类的【二凉】和【寒腔】【三七】。而它们富有特点的音列组合，既显示了它们各自的个性，又是把它们联系、统一、协调起来的纽带。见如下图示：

例 121

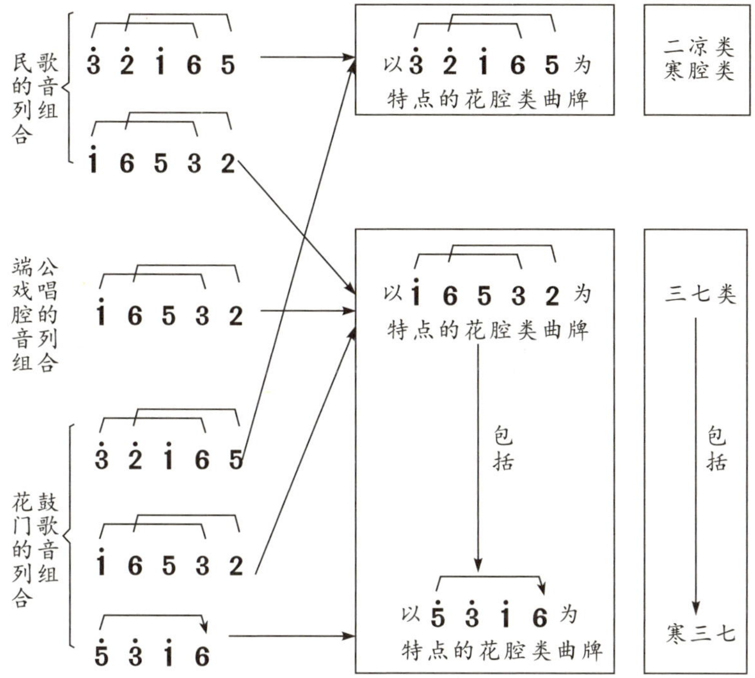

花腔类曲牌向主调声腔发展，主要是结构的完善和板式的发展。

旋律发展可见前述，结构的完善包括两个方面。一是把原来起平落、分而合等曲式中某些单乐句（如起部、落部、分部）变为对仗的上句和下句、小过台和大过台。这主要是因为大型剧目的唱词都是偶句，需要与它相适应的乐句。然而这种发展仍然保持了原来的某些功能和特点，如《灯歌》中的落句和主调类唱腔的过台，都具有总结性功能和终止作用，且都是在收尾时速度渐慢，用锣鼓伴奏煞住。二是指产生伸腔这样的结构形式。这无疑是为了表达大型剧目中人物复杂的感情而产生的。由于它都用在上、下句或过台，故它实质上是上、下句或过台的加花、扩展的形式。

板式的发展也包括两个方面。一是把母体唱腔的节奏予以紧缩、旋律予以简化，形成新的唱腔。如把【平寒腔】发展成【快寒腔】等。这是庐剧唱腔由曲牌体制向板腔体制发展的开始。二是产生了“循板”（散板）以及改变前面唱腔板式的 $\frac{1}{4}$ 拍的“吆台”。这一发展也是为了表达大型剧目中人物复杂的感情。诚然，“循板”“吆台”都是主调类唱腔的结构形式，所以这也是结构的完善之处。

总之，庐剧唱腔确实是扎根在本地民间音乐的土壤中，在较长的历史过程中形成、发展起来的。那么，在这个过程中，它有没有受其他剧种的影响呢？我在下面对这个问题作一探讨。

《辞海·艺术分册》中“倒七戏”条目说，庐剧“有些班社曾分别同徽剧、京剧合班演出，受过这两个剧种的影响”。合班演出确有其事，但这个“影响”很小。因为——

第一，四大徽班进京是在1790年，但1821—1862年间，安徽本地的徽班已呈衰落之势。

第二，徽剧在庐剧流行地区被称为“大戏”，旧时徽剧艺人也以唱“大戏”自居，看不起庐剧这个“小戏”。徽、庐之所以同台演出，主要是因为庐剧虽然一直被统治者视为“淫唱”而遭禁，但深受广大农民欢迎，同徽剧合班只是为了获得“合法”地位，扩大影响；徽班虽堂皇入京，深为统治者宠爱，地位“合法”，但不受农民欢迎，它同庐剧合班，是想依靠庐剧来招揽观众。由此可见，徽剧与庐剧合班实是迫不得已，是它已近衰落的一个标志。两个剧种的声腔风马牛不相及，庐剧去学徽剧的声腔，确是不可想象的事。

第三，六安已故庐剧艺人何彩彪生前回忆说，其父何代贤1883年入班学艺。何代贤的师父又在他入班前很早时候就与徽班合演，而在以前（何代贤师父的师父的时代）的庐剧唱腔，早已有循板、小嗓、吆台及板式变化的【快寒腔】等声腔，可见庐剧主调声腔至迟在19世纪早期就已存在。庐剧花腔类声腔，以用灯歌等曲调演唱二小戏、三小戏来算，最迟在18世纪中叶也已存在(因花腔类本身向主调类发展，由于艺人多目不识丁，故需较长的历史过程)。而此时京剧刚开始形成，说庐剧声腔受徽剧影响，是荒谬的。

第四，要说庐剧主调类声腔在某一方面有点像受徽剧、京剧的影响，那就是出现了循板、小嗓、连词和向板腔体演变的【快寒腔】等唱腔。其实，它们都是庐剧唱腔从本地民间音乐中自己生发出来的。如小嗓，它的功能和特点同京剧、徽剧都有很大区别(详见前述)，而且在皖西大别山区的山歌中有类似小嗓但又比它明亮厚实，被民间称为【边嗓】或【二嗓】的唱法，例122六安龙门冲山歌中即有这种唱法。

例 122

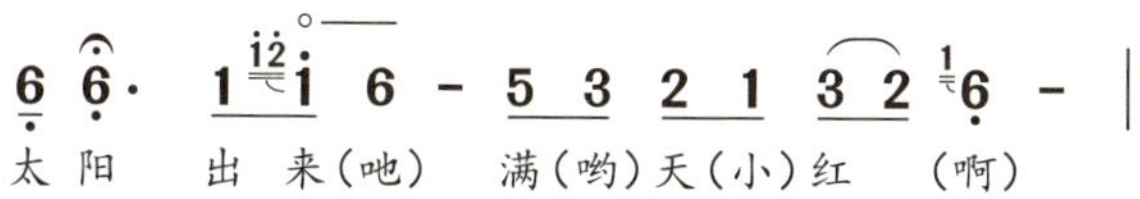

连词及板式变化之形成，在灯歌、民歌、门歌中均可见到，已在前面阐述了。循板，即前面讲过的所谓“不合拍”的“散板”，在牧歌等民歌中可见到。

由此可见，如果以“同班演出”为由，说庐剧声腔受京剧、徽剧的影响，是没有根据的。

但是，庐剧锣鼓倒确实受到了京剧、徽剧的影响，诸如《四击头》《撞金钟》等皆是。不过，尽管如此，庐剧仍保持着与民间音乐中锣鼓有血缘关系的有自己特点的锣鼓经。

例 123　庐剧主调类锣鼓

起板锣：一冬 冬 | 匚才 匚才 | 匚才 匚 | 冬匚 一采 | 匚冬 冬 |

小过台：一呆 一呆 匚龙 匚 | 来呆 来呆 匚才 呆 |

大过台：匚龙 匚龙 匚龙 匚 | 一冬 一冬 匚龙 匚 |

一冬 一冬 匚龙 匚 | 一冬 一冬 匚才 呆 |

上句与下句之间连接用：匚七 令冬 匚 冬 0 |

抹拐：匚· 个 龙冬 匚冬 匚 | 匚· 冬 匚冬 匚 |

循板接小过台：一冬 一冬 | 匚· 个 龙冬 | 匚 科 冬 匚冬 冬 | 或

一冬 一冬 | 匚龙 匚龙 | 匚龙 匚 | 一冬 一冬 | 匚 冬 ‖

吆台接大过台：0 冬 冬 | 匚冬 匚 | 匚 冬 冬 | 匚 呆 |

三七花腔的中间锣鼓：

5 6 i | 6 5 3 2 | 3 2 1 | 1 - ‖: 0 冬 冬 | 匚冬 匚 :‖ 5 3 2 |

5 3 2 | 5 6 i | 6 5 3 2 | 3 2 1 | 1 - | 1 0 ‖

冬· 冬 冬 冬 | 匚 0 ‖

以上锣鼓经节奏，归纳起来有以下几种：

例 124

第一种，X X X X | X X X | X· X X X | X X X |

第二种，X X X | X X X |

第三种，X X X X X X X X | X X X X X X |

第四种，X X X | X X X | X X X | X X |

第五种，X· X X X | X 0 |

第六种，X X X X | X 0 |

第一种可在《骂鸡》的台吆鼓和《打挑花》《男卖线》的锣鼓中找到；第二种可在上路《端公调》《放鹦哥调》的九锤和《骂鸡》的台吆鼓、《打桃花》的锣鼓中找到；第三种可在《薛凤英调》《点大麦》的锣鼓中找到；第四种可在《打桃花》的锣鼓中找到；第五种可在《卖货调》《点大麦》《骂鸡》《望郎》的锣鼓中找到；第六种可在《放鹦哥调》《端公调》《打五扇》等调中找到。

例 125 花腔锣鼓

放鹦哥调：

三锤：匚采匚采 | 匚 采 |

六锤：匚采匚 | 一匚一采 | 匚采匚采 | 匚 采 ‖

九锤：匚采匚采 | 匚采匚 | 匚采匚 | 一匚 采 | 匚采匚采 | 匚 采 ‖

端公调收尾：

冬冬匚 | 冬冬匚 | 0冬 冬 | 匚 匚 | 0冬 冬 | 匚匚一冬 | 匚 采 ‖

打桑、打长工中间锣鼓：一当一当 匚龙龙龙 龙匚龙 | 龙 龙0 |

打五扇收尾：匚采匚采 | 匚 采 ‖

薛凤英调：‖: 匚龙冬 匚龙冬 :‖ 冬匚 龙 | 匚龙冬0 |

丁香调的叹板锣：匚· 采采采采 | 匚 才 | 或 匚· 个龙冬 | 匚 冬 ‖

卖货调收尾：‖: 匚冬令冬 | 匚 0 :‖ 匚 匚 | 令匚 令 | 匚冬令冬 | 匚 0 ‖

打桑：一当一当 | 匚 当0 |

点大麦收尾：‖: 匚令令令 | 匚 0 :‖ 匚 匚 | 令匚 令 | 匚令令令匚 0 ‖

或 ‖: 匚· 个 龙 冬 :‖ 龙 匚 龙 匚 0 ‖ 或 ‖: 匚冬令冬 匚 0 :‖

匚令匚 令匚 令 | 匚·冬令冬 匚 0 ‖

献宝：‖: 匚· 个 龙 冬 | 匚 0 :‖: 匚· 个 龙 冬 :‖ 匚 0 ‖

拦马调：一 当 一 当 ‖: 匚· 令 令 令 :‖ 匚 当 0 ‖

看相：匚· 个 龙 冬 | 匚 冬 0 |

铺床调：匚· 冬 冬 冬 | 匚 冬 0 |

骂鸡调：匚· 呆 来 呆 | 匚 0 |

吆台：‖: 0 呆 呆 | 匚 呆 匚 :‖ 匚 呆 0 | 浪 当 浪 当 | 一个浪 当 0 |

打· 打 打 打 | 匚 0 |

或 一 当 一 当 | 匚 一 当 | 一 当 匚 龙 | 匚 龙 匚 |

一 当 一 当 | 匚 龙 匚 龙 | 匚 当 0 ‖

打桃花：0 呆 | 呆 呆 匚 | 0 呆 呆 | 匚 呆 匚 呆 | 匚 呆 0 | 0 呆 呆 |

匚 0 呆 | 呆 呆 匚 呆 | 匚 呆 匚 | 0 呆 呆 | 匚 呆 匚 呆 | 匚 呆 ‖

男卖线：一 打 打 | 匚· 个 龙 冬 | 匚 采 呆 ‖

三赶调：匚冬令冬 匚 ‖

恨大脚：匚 采采 匚 采采 | 匚 采 0 |；

结束用：一 冬 一 冬 | 一 冬 | 匚 0 | 或 匚龙龙龙 匚龙龙龙 | 匚 0 ‖

望郎：空匚 一龙 | 匚 0 | ；‖: 空匚 龙 :‖ 匚· 个 龙 冬 | 匚 0 ‖

祭灵：一 打 一 冬 | 匚 冬冬 匚 | 一 打 一 冬 | 匚 冬 冬 ‖

鬼调：冬 匚 一冬 冬 | 匚 冬 冬 | 匚 龙 匚 龙 | 一 匚 一 冬 | 匚 冬 |

这些锣鼓经的源头是花鼓、门歌的锣鼓和六安等地的民间吹乐中的锣鼓。

例 126 花鼓锣鼓

六安：匚令匚 令匚 令 | 匚令匚 令匚 令 | 匚·令令令 匚 |

空匚 龙 匚 | 匚·令令令 匚 0 |

六安双河：打 打打 打 打 | 匚 0 |

小过台：匚 匚 | 令 匚 一 令 | 匚 令 匚 | 令 匚 一 令 | 匚 匚 一 令 | 匚 0 |

大过台：‖: 冬 冬冬 冬 冬 | 匚 令 匚 :‖ 冬 冬 匚 | 冬 冬 匚 |

‖: 冬 匚 冬 匚 | 一 冬 匚 :‖‖: 冬 冬冬 一 冬 台 |

匚 匚 令 匚 | 一 令 匚 :‖ 匚· 个 龙 冬 | 匚 匚 |

冬 匚 一 令 | 匚 匚 一 令 | 匚 0 |

金寨：‖: 匚 匚 令匚 令 :‖ 匚令令令 匚 0 |

舒城：匚令匚 令匚 令 | 匚令匚 令匚 令 | 匚冬令冬 匚 |

结束用：‖: 采采采采 匚采匚 :‖ 采采匚 采采匚 |

‖: 采匚采匚 采采匚 :‖‖: 匚采采采 匚 采0 :‖

‖: 匚 匚 令匚 令 :‖ 匚匚一令 匚 0 |

例 127 门歌

第一句后：冬冬一冬 | 匚 0 |

起唱和结尾用：‖: 冬冬匚 :‖ 冬冬匚冬 | 匚冬匚 | 冬冬冬冬 | 匚 0 ‖

例 128 民间吹打乐

七星寿：一打一打 | 匚令匚 | 冬冬一冬 | 匚 采 |

春富贵：匚· 个龙冬 | 匚冬匚 | 一冬一冬 | 匚· 个龙冬 | 匚 0 |

注：以上锣鼓安谱，大都根据艺人口念谱记录而成。"工"音同"仓"，为大锣、小锣、小钹同击；"采"为小锣、小钹同击（"令"为轻击）；"龙"为鼓滚奏；"冬"为鼓击；"一"为鼓击边；"呆"为小锣单击。

第九章　庐剧传统唱腔中男女同腔和接口唱

在庐剧传统唱腔中，因仅有男演员而无女演员（极个别例外）参加演出，且无管弦乐队伴奏，故男女同腔和接口唱问题并不突出。然而，即使是这样，艺人们为了表现剧中人物不同的性别和年龄，演员所演唱的声腔的音区等方面还是有差别的。因此，其中还是蕴埋着解决因大批女演员登上舞台、管弦乐乐队伴奏而造成的这个非常突出且亟待解决的问题的钥匙。

众所周知，这个问题的产生，是男女声带不同这个先天性原因造成的。因此，解决它的关键是男女声腔的音区。传统唱腔在这方面至少有以下三种方法。

第一，用甩高音、走低音的方法，使男腔和女腔唱不同的音区。

例 129

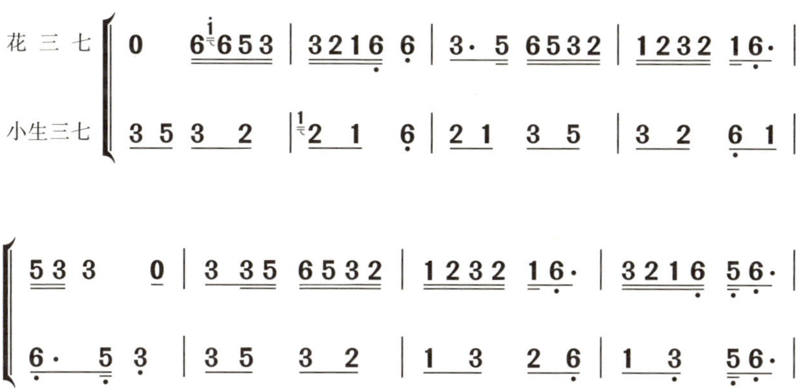

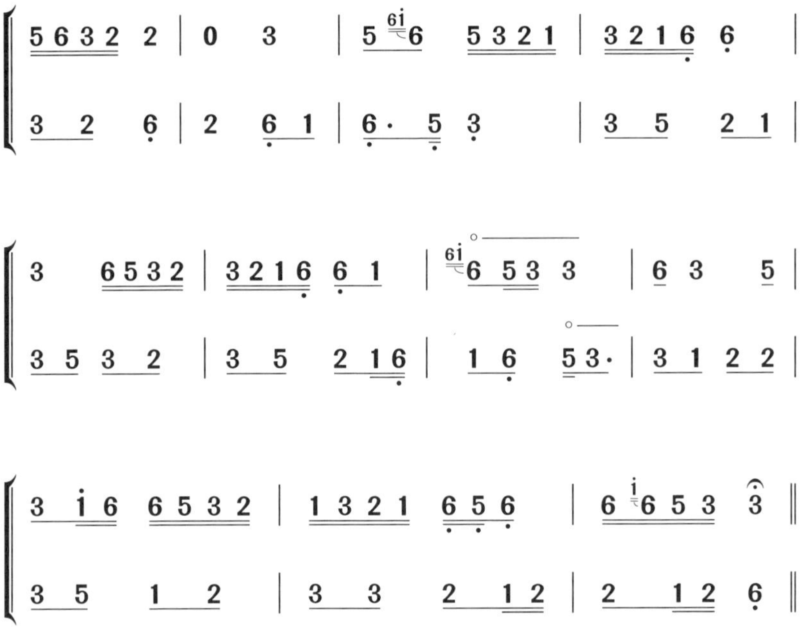

例 130　铺床调（两种不同唱法）

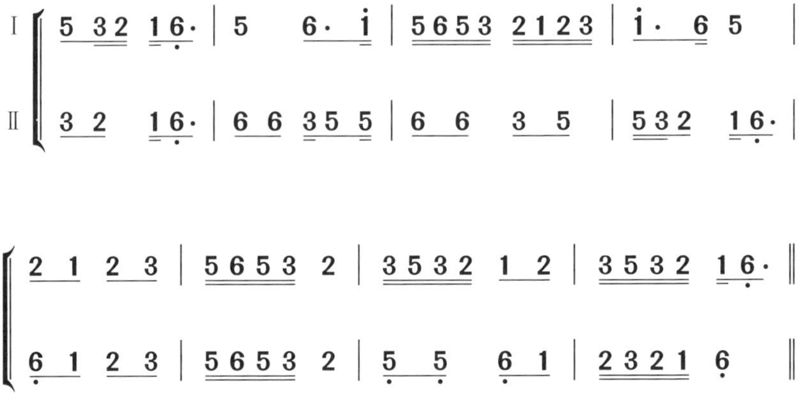

例 129 是把【花三七】的音区（6̣—i̇）降低纯四度，作为【小生三七】的音区（3—6̣）；例 130 是把Ⅰ音区（6̣—i̇）的高音降低小三度，低音降低大二度，作为Ⅱ音区（5—6̣）。这是避免♯4 或♭7 的出现，与此同时，保持了旋律的基本骨架和富有特点的旋法，如前者的“3216̣”

“1653”等，后者的“6532”“3216”等。在调式上，例 129 虽然【花三七】是角，【小生三七】是羽，但两者都是小调性，且上句都落于角，前者下句的角与后者下句的羽又是纯五度关系，从而使调式转换时毫无生硬之感，例 130 的两种唱法都是羽调式，则更是如此。

例 131　【二凉】男女声接口唱

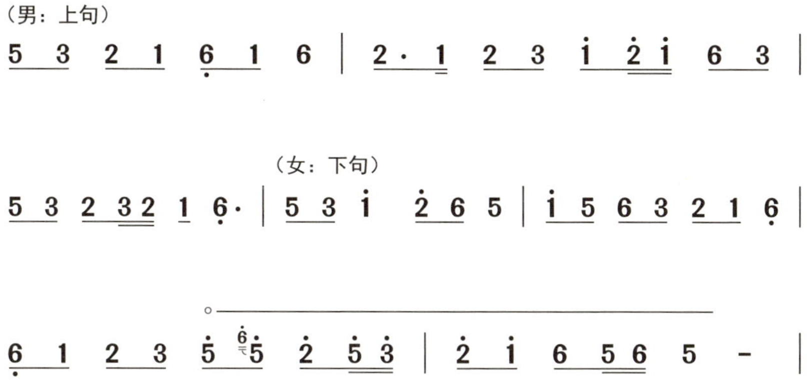

例 131 男声的音区是 6—2，女声的音区是 6—6，这样既使男声避免了高音，又使女声发挥了富有女性特点的高音和大段小嗓的音色，且衔接得十分自然。

以上三例，使男女同腔或衔接既不必转调，风格又十分协调（像例 129 甚至可作为二重唱）。这无疑是一种较易掌握的行之有效的办法。

第二，根据需要，截取某个唱腔的片段加以发展，使其成为与原来声腔音区不同、适合不同行当演唱的新腔。

例 132 【平二凉】与【小生调】

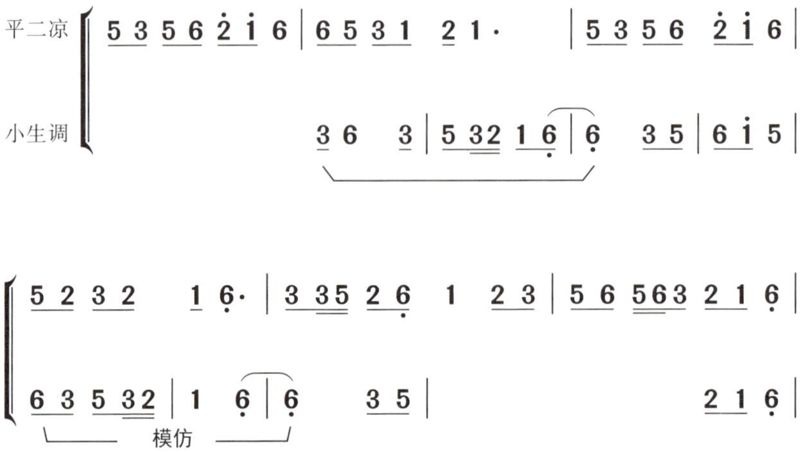

例 133 【平二凉】与【衰调】

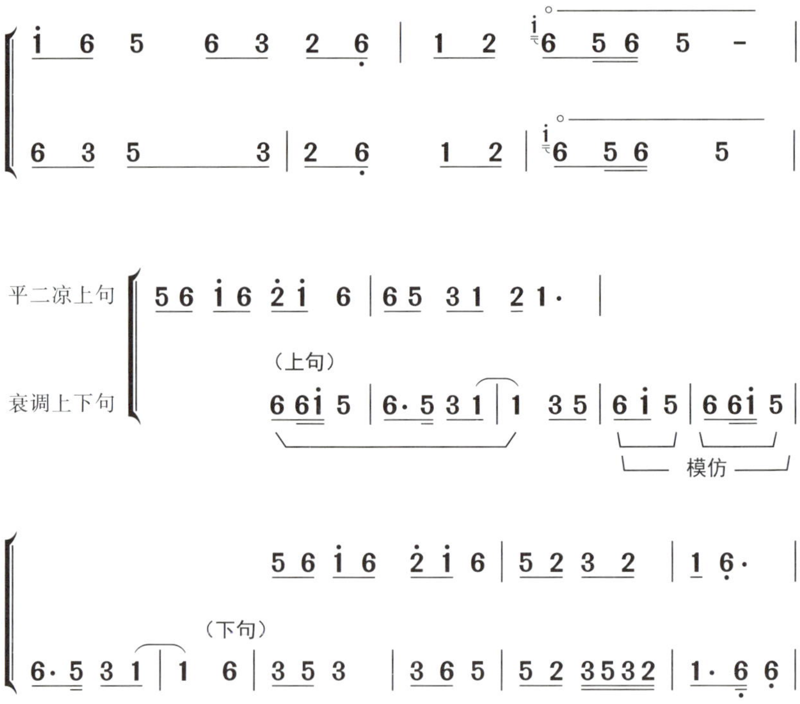

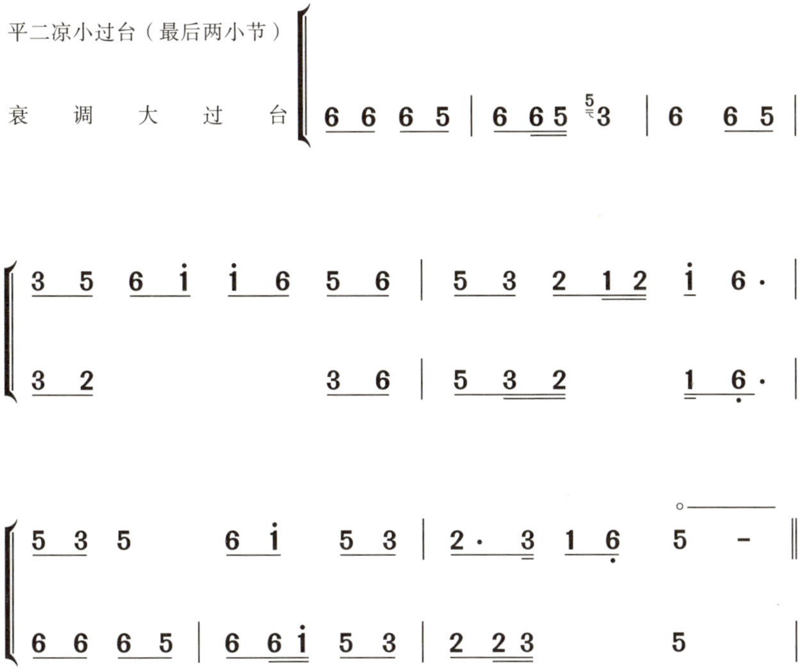

例132中,《小生调》是由它所截取的【平二凉】中比较高亢、带小嗓的片段发展而来的,但避免了“$\dot{2}$”和【花二凉】(旦角伸腔中)的“$\dot{3}\dot{5}$”两个音的出现,从而使音区($\underset{\cdot}{6}$—$\dot{1}$)较适合小生演唱,且保持了小生带小嗓的腔色特点。例133中,《衰调》是由它所截取的【平二凉】中较低的、不带小嗓的片段发展而来的,从而使音区6—$\underset{\cdot}{6}$($\dot{1}$是经过音)适合老旦、老生演唱,且保持了行当所需的低沉、浑厚的腔色。由此来看,有三点是老艺人在创新腔时,使新腔不走味的保证:一是保持调式的一致性;二是虽未保持整个旋律的基本骨架,但保持了某个片段旋律的基本骨架(有时加花,有时简化),保持了富有特点的旋法;三是在曲调片段的基础上发展时,采用模仿、重复的手法,使这一片段再现,并发展成一个完整的乐句。

第三,把整个唱段移低纯四度或纯五度,并以角代清角,以宫代变宫,由此衍生出新腔。

例 134 门歌的两种不同唱法

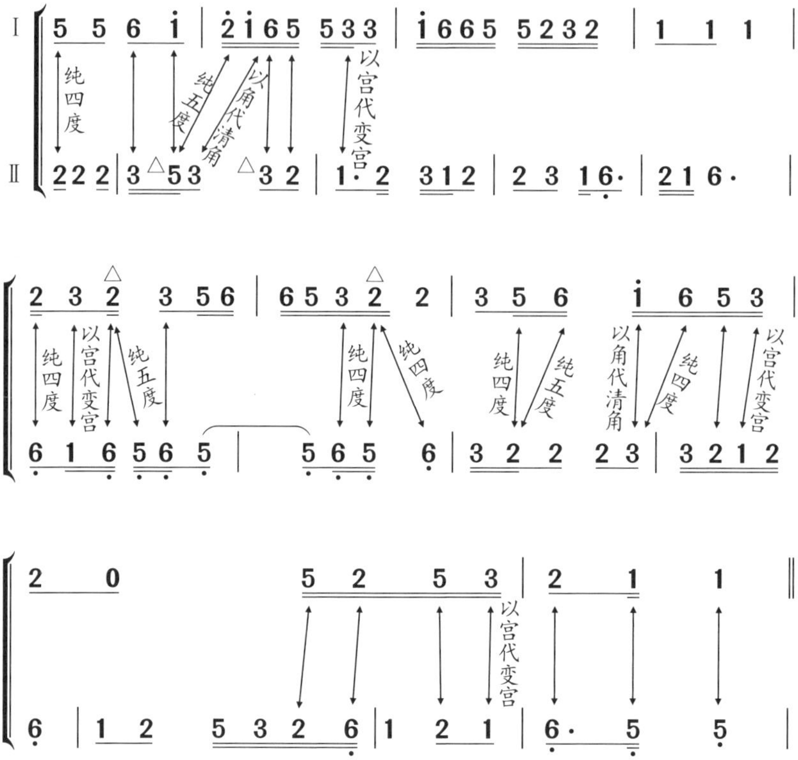

例 135 上路薛凤英调的两种唱法

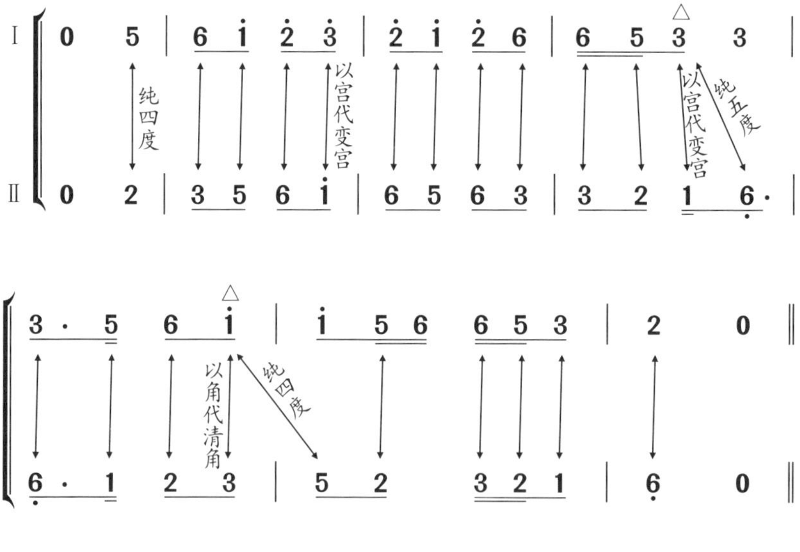

例 134 Ⅱ 音区是 $\underset{\cdot}{5}$ — 5，比 Ⅰ 的音区（1 — $\dot{1}$，$\dot{2}$ 是倚音）低四度，例 135 Ⅱ 的音区（$\underset{\cdot}{6}$ — $\dot{1}$）比 Ⅰ 的音区（2 — $\dot{3}$）也低四度。虽说它是音区的移低，但它是整段旋律的移低，且改变了调式，故与前述第一种手法是有很大区别的。

诚然，把整个旋律移低或移高一个规定的音程，从而产生新的曲调的手法，在西洋作曲手法、京剧“反调”中都可以见到。然而，庐剧唱腔有四点独特之处：一是当音移低纯四度或纯五度而遇到变宫或清角时，以宫或角代之，以此保持其五声音阶的旋法特点；二是这种移高或移低，在整个过程中，并非始终是一种音程关系，而是四度、五度交叉出现的，但开始和结尾的音程关系又是一样的，以此保持了前后的呼应关系，使旋律也更为流畅，并富有一定的个性；三是每次音程关系转换时，总有一个音作为两者之间的媒介（见例中△处），这个音所在的旋律保持不动（一般作同音反复或延长，也可能是个很短的音），另一旋律则运动（上行或下行），两者形成斜向关系；四是动与不动，怎么动法，一方面与求得流畅的旋律线有关，另一方面则与为了保持首尾音程关系的一致。这四点在上面两例中都可以看得相当清楚，特别是例 135 更为明显：Ⅱ 如不用“代”的办法，则出现偏音，成了另一个调高上的 Ⅰ 种唱法，也丧失了庐剧唱腔的五声音阶旋法特点；如用了“代”的办法，但不是纯四度和纯五度交叉出现，Ⅱ 完全按纯四度移低，则成了 0 2 | 3 5 6 $\dot{1}$ | 6 5 6 3 | 321 1 | 1·2 3 5 | 5 2 321 | $\underset{\cdot}{6}$ 0 ‖，旋律就不够流畅。如果 Ⅱ 的第五小节的角不进行到下一小节的徵，而与 Ⅰ 一样作同音反复，则成了 $\underset{\cdot}{6}$·1 2 3 | 3 1 21$\underset{\cdot}{6}$ | $\underset{\cdot}{5}$ 0 |，或者 Ⅰ 的第五小节的宫与 Ⅱ 的角一样上行大二度（以商代之），则成了 3·5 6 $\dot{1}$ | $\dot{2}$ 6$\dot{1}$ $\dot{1}$65 | 3 0 |，不但旋律线不流畅，而且调式阴差阳错（第一种），前后音程关系也不统一。

这些手法使子体保持了母体的五声音阶和富有特点的音列组合以及大部分旋律骨架，从而使两者风格统一协调。由于两者音区有差异，故不转调即能解决男女同腔和接口唱问题。

以上三种办法，不仅解决了男女同腔和接口唱问题，而且为产生新的行当唱腔、调性布局、不同行当的接口唱、创造诸如富有自己特点的“反调”系统，以至创作二重唱，提供了可借鉴的经验。

第十章　庐剧唱腔未来发展之趋势

研究遗产的目的，是为了继承；继承的目的，则是为了今后的发展。前面九章所论及的诸问题，对我们预见庐剧唱腔未来发展趋势颇有启示：坚守固有特点，扬长避短；跟随时代步伐，不断创新；提高艺术性，增强观赏性，扩大受众面。概括起来主要有以下四点：

一是随着时代的前进，剧目内容的不断丰富，人们欣赏水平的不断提高，庐剧唱腔必须随之不断发展。否则，是没有出路的。

二是犹如安泰不能离开大地母亲一样，庐剧唱腔也不能离开生育自己的民间音乐，必须不断吮吸这位母亲的乳汁，并同时摄取具有时代特征的音调，借以不断充实自己，保持青春的活力，散发出浓郁的泥土芬芳、强烈的生活气息。

三是不论是自身衍生，还是吸收其他艺术形式，或是借鉴西方音乐的发展手法，都要以“我”为主，遵循自身规律，以自身的发展手法为主，不能抛弃自己在调式、结构等方面的特点。

四是应该正确对待庐剧声腔的特点。其一，正因为有了它们，庐剧才姓“庐”。其二，它是多方面的，但又有主次之分，尤以旋法特点最为重要。其三，它们在长期的历史过程中是不断变化的，对其进行扬弃是必要的、不可避免的。其四，正如一切事物都是一分为二的，有些特点既不是十全十美的，也未必适合表现今天所要表现的新人物、新时代。如，庐剧声腔中小嗓要保留，但必须提高演唱技巧，使其与真声自然衔接。再如，主调类板式需要加以发展，使其日臻完善成真正的板腔体制，可借鉴京剧“反调”，创造自己的“反调”。

以上四点，可以通过下面我比较认可的改革成功的唱腔，予以印证。(新中国成立以来，这方面唱腔颇多，这里仅举两例。)

例 136 《半把剪刀》选段

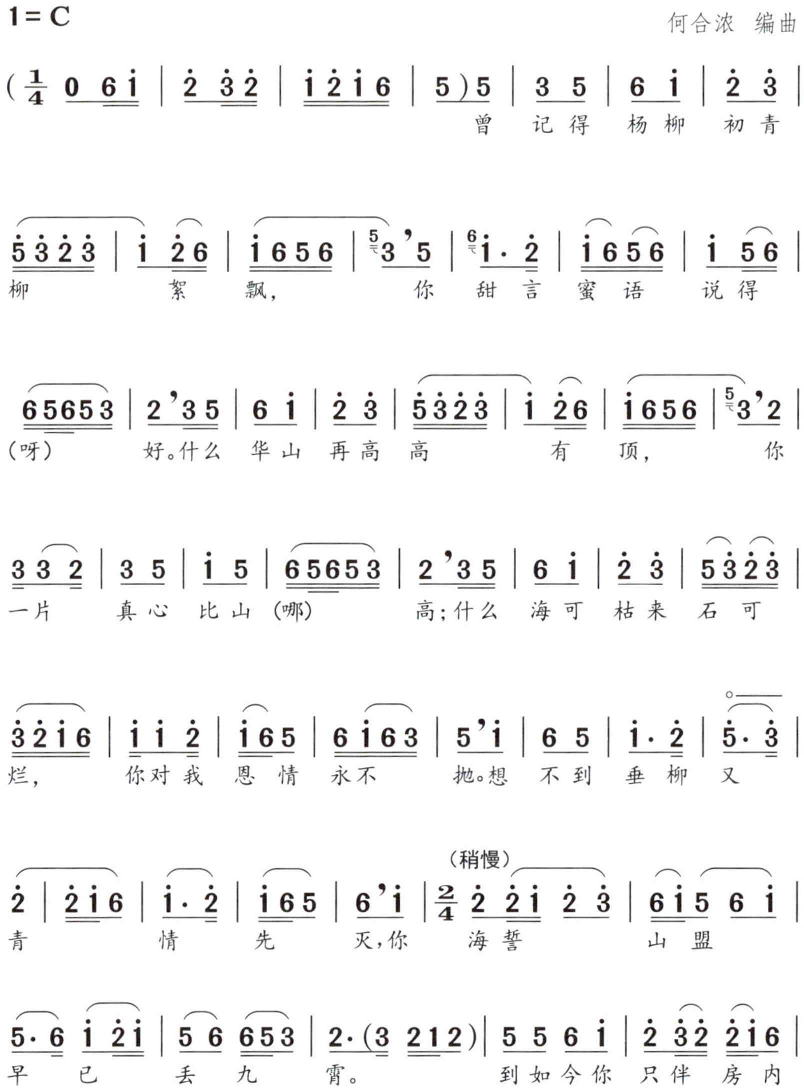

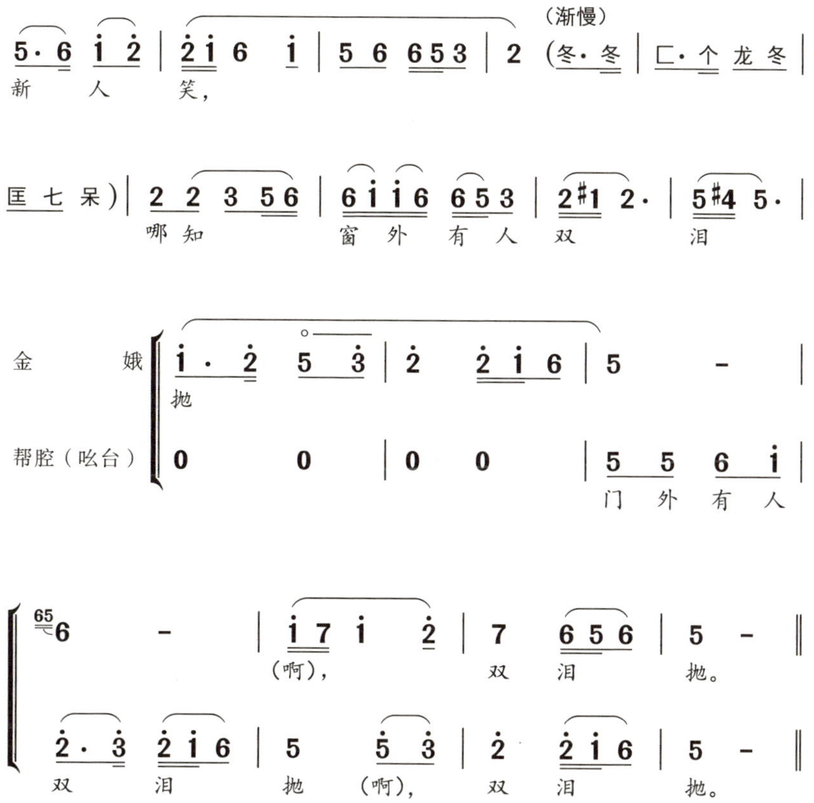

此曲的主要原材料是《薛凤英调》：5 | 6 i 2 3 | 2 i 2 6 | 6 53 0 | 6 i6 53· | 3·5 6 i | i 56 653 | 2 ‖。经发展后，原对仗曲式，变成用递减（气息渐宽）原则构成的分而合曲式。前六个乐句的板式，由原来的一板一眼变成有板无眼，节奏紧凑而连贯，如流水自高而下。它们似连词，但旋律用加花、扩展等手法发展后，音域加宽了小三度，整个旋律线更加流畅而富有美感，有起有伏，高低有致，突出了一个“诉”字。第七乐句的板式虽然未变，但节奏明显变宽，从而使原板式能从容过渡到第八乐句的一板一眼，显得深沉有力，突出了陈金娥的怨和愤。第九、十乐句，采用了大段带有偏音和色彩变音的伸腔，加入了用大开锣、大钹、低音小锣、大鼓演奏的《端公调》压抑、悲怆的锣鼓，

在运用加花、扩展、移位、转位等自身手法的同时，吸收了女声复调、对位等西洋作曲技法，使领唱与吆台有机地结合起来，强化了陈金娥痛不欲生的情绪。总之，这段唱腔从内容需要出发，对传统唱腔作了较大的发展，又保持了原曲的轮廓和富有特点的旋法，乃至同宫系统的调式转换和传统的结构形式，既用小嗓又只用在 e^2g^2，使其有亮度且与真声自然衔接起来(例 137 同)。因此，它不仅把被压迫和被污辱的丫鬟陈金娥对“正大君子”曹锦裳卑鄙行径的控诉、愤怒以及内心极端痛苦的情绪淋漓尽致地表现了出来，而且有很浓的庐剧味，从而受到了一致的肯定和赞扬。

例 137 《茶山新歌》选段

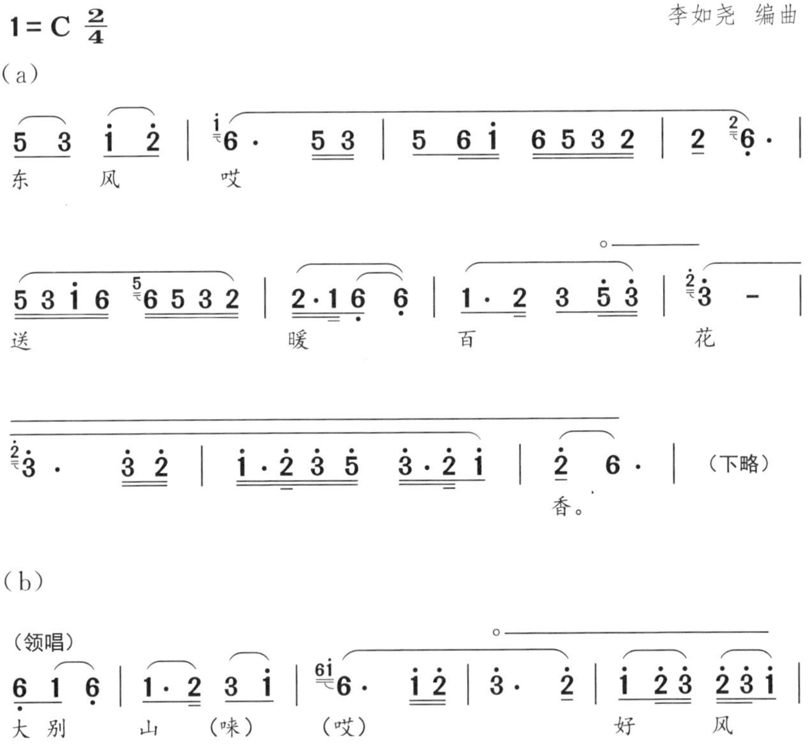

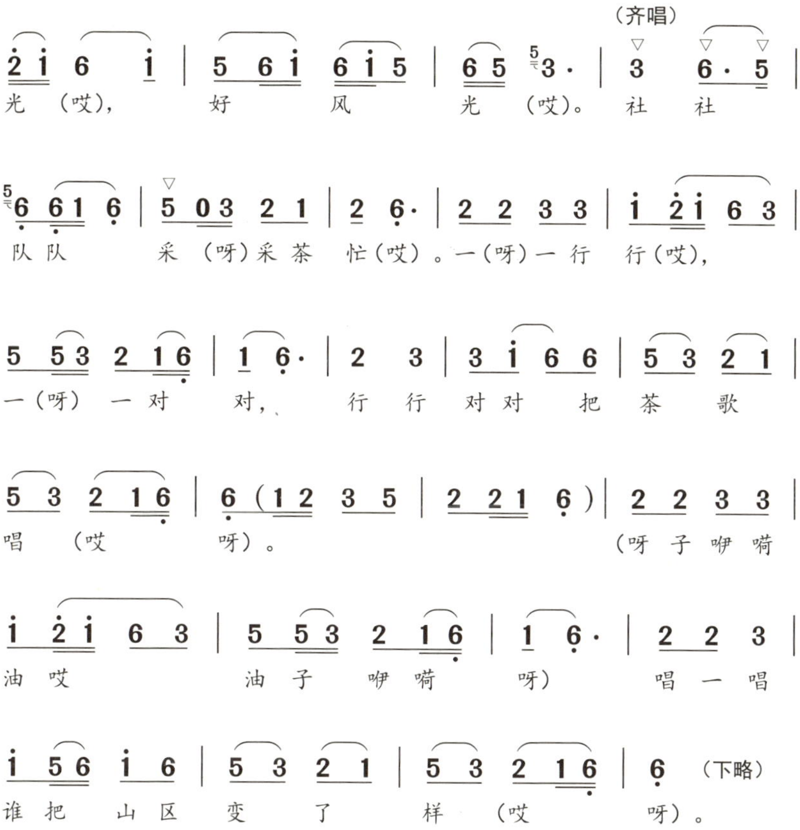
（齐唱）
光（哎），好风光（哎）。社社
队队采（呀）采茶忙（哎）。一（呀）一行行（哎），
一（呀）一对对，行行对对把茶歌
唱（哎呀）。（呀子咿嗬
油哎油子咿嗬呀）唱一唱
谁把山区变了样（哎呀）。
（下略）

（c）

（甲）
二嫂子我问你呀，说出来你要多考虑。
（乙）
我怎的你要讲仔细。摘茶之前开了会呀，
会上志宏怎讲的？今年春茶好（呀），任务又艰
巨，采摘更加要仔细（哎呀）。
（下略）

例 137a，把【寒二凉】的伸腔加以扩展，再接以西路【花二凉】伸腔，宽广舒展的节奏，接近两个八度的音域，以十度大跳进行，多种音列组合和旋法，一下子把我们带到了“东风送暖百花香”的皖西大别山茶区。“寒”与“花”的结合，避免了“寒”的低沉、压抑和“花”的花哨、跳跃，给人以辽阔、清新之感，符合了剧本特定的环境。

例 137b，缓慢、自由的第一乐句类似传统的循板，它明显吸收了皖西大别山民歌《慢赶牛》的音调，然后加以修饰、润色，使其更加流畅、优美。齐唱部分用的是由民歌演变而来的表现旧社会迂腐的私塾先生的《讨学钱调》，但由于速度加快（♩=96 变成 ♩=144），音域加宽（原来是八度，现在是十一度），伴之以跳跃的节奏，使整个唱腔变得欢快而热烈，描绘出一幅茶区农民采茶忙的景象。

例 137c，是两个人问答性唱段，它巧妙地吸收了皖西民歌中也是对唱形式的《对花谜》，从而使它既符合情绪，又富有泥土气息。之后又接唱例 137b 的音调，使前后唱段得到呼应和统一。

类似的例子还有很多，如该剧另一个唱段中的一个乐句：

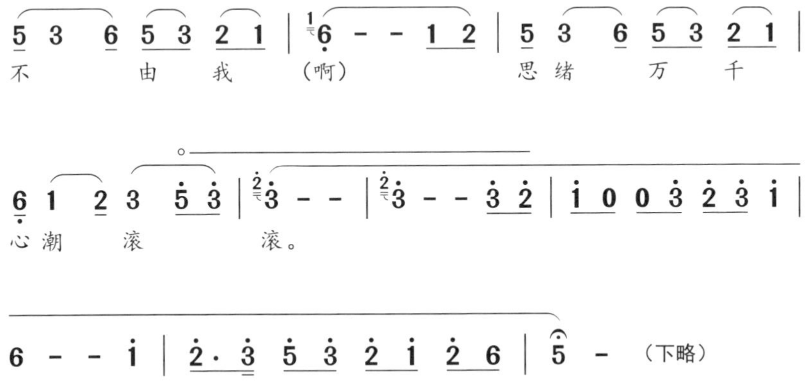

新腔的前半截舍去了原腔的第一小节，延长了全段最低音“6̣”，再运用模仿手法，使前四小节在中、低音区回旋，使音调变得深沉、委婉，并为第四小节最后一拍出现的高音和大段抒情性用小嗓演唱的伸腔做

好准备；新腔的后半截舍去了原腔中的大跳，用加花手法使旋律线平稳地起伏，并在中间加进了两个八分休止符，给人以似断未断、含蓄、沉思之感，最后速度加快，从而生动地揭示了人物此时“思绪万千心潮滚滚”的内心世界。

综上所述，庐剧声腔今后发展的方向，就是保持并发展自身特点，从生活出发，从人民群众喜闻乐见出发，使改革的唱腔成为有源之水、有本之木。20余年音改历史已经证明，对传统全盘继承、故步自封的做法，不顾自身的艺术特点、另起炉灶的所谓“改革”的做法，都是不可取的，都必然脱离人民群众。因此，在庐剧音乐改革过程中，我们必须力戒这两种错误倾向，必须坚持“两为”方向和“双百”方针，不断创新，使庐剧与时代同步，为更广大人民群众所认同所接受。

沈义龙

1984年5月于六安

补记：皖西庐剧团吴正明先生致力于庐剧音乐改革数十年，成绩斐然，硕果累累，为业内人士所公认，并受到群众称赞。诸如，现代戏《红岩》中《一个共产党的自白》，以《对药》为素材，大胆突破原来的束缚，用铿锵有力的节奏，塑造了大义凛然的音乐形象；再如在《双玉婵》中，以【二凉】为素材创作了大段优美的伸腔，他首创的“反调”更使人耳目一新，为构建完整的主调板腔体制做出了重要贡献。但由于我手头紧缺这方面资料，故不能在本书中阐述，实是一大憾事。

于2013年1月

《大湾村的外来媳》剧照

大型庐剧古装戏《休丁香》剧照

大型庐剧现代戏《金刚台姐妹花》剧照

大型庐剧现代戏《情系淠史杭》剧照

大型庐剧现代戏《西庐弯弯》剧照

大型庐剧现代戏《美丽村官》剧照

大型庐剧现代戏《淠史杭之恋》剧照

大型庐剧现代戏《青春作伴好还乡》剧照

1954年华东会演代表证

安徽文化報

ANHUI WENHUABAO

1982年2月14日 星期日 第344期

积极整顿改革 促进艺术事业发展

九省市剧团整改座谈会进一步明确任务

吴雪同志等前往六安观看《妈妈》

《安徽文化报》相关报道

《狸猫换太子》剧照

《琵琶遗恨》剧照

《红楼梦》剧照

《霜天红叶》剧照

《刘邓在皖西》剧照

《妈妈》剧照1

《妈妈》剧照2

《妈妈》中演员接受领导觐见

《三请樊梨花》中的樊梨花

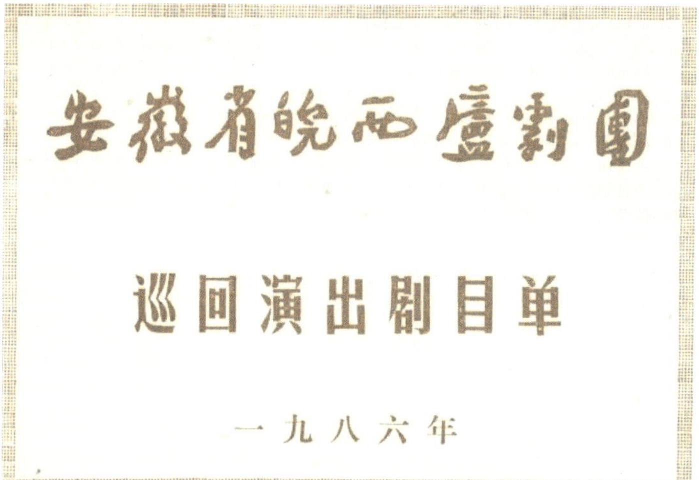

安徽省皖西盧劇團

巡回演出剧目单

一九八六年

巡回演出剧目单

伊犁日報

YILI RIBAO

1960年10月29日 第760号 星期六

毛澤东主席 周恩来总理 接見拉丁美洲十二个國家的文化代表团和代表

热烈欢迎安徽慰問代表团 亲切慰問安徽支边青壮年

自治州欢迎安徽省慰問支边青壮年代表团大会和安徽省慰問支边青壮年代表团慰問大会同时举行

伊犁区党委 自治州人委 欢宴安徽省慰問代表团

張世功同志講話感謝安徽等兄弟省對我州社會主义建設的大力支援

《伊犁日报》相关报道